Q版特工16

迷城毒蹤

梁科慶

Q版特工16　迷城毒蹤
作者／梁科慶
總編輯／馬鎮梅
文稿審訂／楊碧瑤
協力編輯／王心靈
美術設計／黃漢威
出版發行／突破出版社
香港沙田亞公角山路33號突破青年村
電話：2632 0000　傳真：2632 0388
電郵：breakthrough@breakthrough.org.hk
網址：http://www.breakthrough.org.hk
http://www.btproduct.com
承印／陽光印刷製本廠
2006年12月初版1刷
2011年6月初版4刷

Ah Wing, the Secret Agent 16: Lost in Ecstacy
by Leung For-hing
First Printing, First Edition, December 2006
Fourth Printing, First Edition, June 2011

ISBN 978-962-8913-50-3

誠邀閣下就突破出版社的書籍發表意見。
請登上 www.btproduct.com/book，在「讀者回應卡」頁面內填寫。謝謝。

歡迎加入突破書籍 Facebook — http://www.facebook.com/btbooks

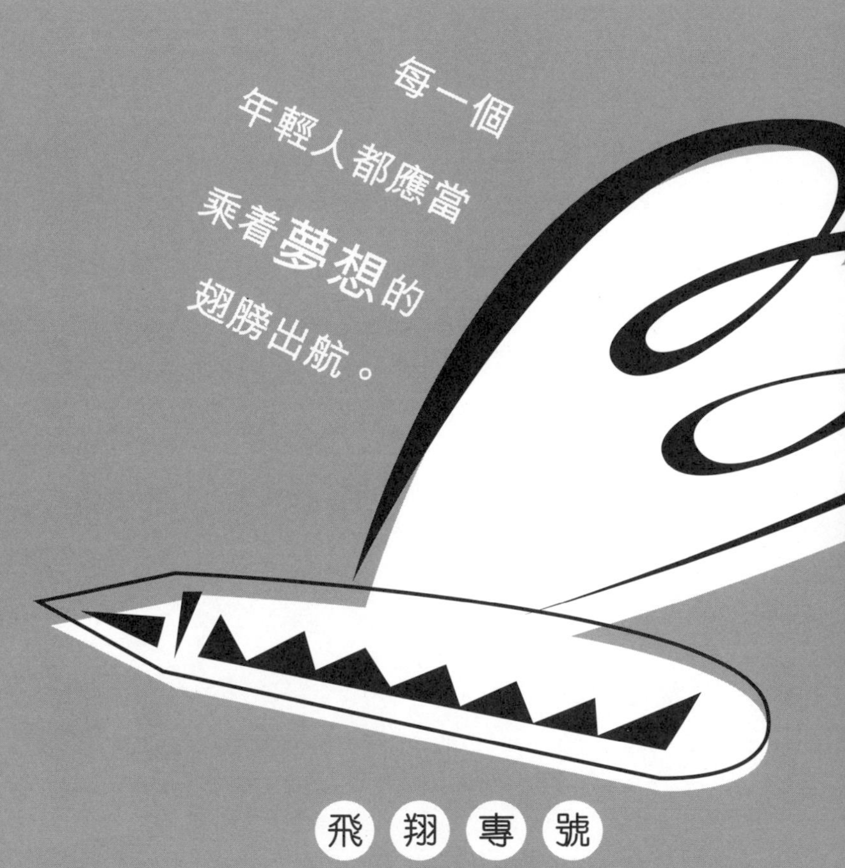

飛翔專號

目錄

自序

梁科慶

2006年暑假，我患病入院，並留院住了十天。

我頭兩天的情況最壞，身體很虛弱，躺在病牀上，頭不能動，一動便暈，一暈便吐。由天亮至天黑，再由天黑至天亮，我就這樣躺臥着。睡不着時，我看着頭頂的鹽水滴注一點一滴的掉下，點滴到天明。那感覺像睡在棺材 ，看着生命一點一滴的逝去。

說真的，我的確睡過棺材。小時候，我家附近有一間專製棺材的木廠，我們一班小孩常在木廠關門後，跑到那兒玩捉迷藏。一具具剛嵌好、未髹漆、未加蓋的棺材，乃是絕妙的藏身之處。所以，我自小睡棺材，且睡了好幾年，直至那木廠結業。

雖然我年幼時常躺在棺材，卻沒想過死亡。住院那十天，我躺的雖然是牀，但感覺離死亡很近，當時，我惟一的人生目標就是痊愈。十天後，醫生說查不到病因，要做的療程又完成了，便叫我回家等待一個月後的復診。我當然不會留在家乾等，便託朋友介紹中醫。感謝上帝的保守，經過一段日子的治療，病況好轉了，醫師才告訴我，最初見我時，我的病況確實很差。

當日躺在病牀上，我想過無數事情，包括棺材、足球、上學、教會、「西鐵」、飛機、滿地可、夏理法斯、凍奶茶、圖書館、家人、朋友、《聖經》、小說……

不久前，我上過一節關於管理學的課。課堂上，導師叫我們用小紙條，一張一張的寫下人生最重要的東西，並放在跟前。接着，導師拿着一個黑布袋走來，請我們捨棄其中一張紙條，把它投入布袋。第一次，不難，但導師收集了一遍後，又回來再收一遍，收了幾遍後，難度愈來愈高，掙扎也愈來愈大，結果更是意想不到：有人保留「金錢」捨棄「健康」，有人保留「美麗」捨棄「丈夫」。各人的價值觀不同，除了笑一聲、歎一句外，我們不能代替別人選擇。正如信耶穌是個人的事，我不能代替你相信，不能代替你承受救恩。

當人還可選擇時，境況怎也不會太壞。試想，當人兩腳一伸，什麼也沒有，仍有機會選擇嗎？對不起，太遲了。

在我出院前兩天的晚上，在旺角一間的士高外面，一名初中女生死於服食過量軟性毒品（那女生死前還遭兩名青年在公園非禮）。翌日早上，我稍為有點精神，坐在病牀上看到這宗新聞，不禁歎了幾聲。十來歲是花樣的年華，燦爛人生才開始，就此賠上好好的一條生命，怎教人不痛心？

她本來是可以選擇的。

作者電郵，歡迎聯絡：forhing@gmail.com

I 越押殺警

皇牌特工離奇涉案，

糊塗偷渡客亡命天涯！

1

「波比・拉森先生，請說出你的職業。」發言的是檢察官。他是個白人胖子，五十來歲，長得粗項短頸，圓臉細眼，架着一副金絲眼鏡，樣子頗具喜劇感，可以在那些無聊的肥皂劇裏客串一角。

「我是聖安東尼奧市的警員，隸屬毒品偵緝組第十四小隊。」說話的拉森也是個白人，一個被巨無霸、炸薯條、冰啤酒弄得腦滿腸肥的中年白人。

美國的胖子真是多的要命！

「拉森警員，你是否遭本案的第二被告打傷？」檢察官開始鋪陳令被告入罪的提問。別看他其貌不揚，聽說他是司法部門裏著名的辣手檢察官，幾乎每案必勝，每年被他踢進監獄的常有好幾十人。

「是。正是他。」拉森肯定地指着第二被告。

「你可否簡述一下當時的情況？」

「當然可以。」拉森坐直身子，打起精神，「當日，約翰遜、積臣、端納和我四人，在第一被告泊在停車場的車子附近埋伏。天氣又熱又悶，我們等了整個下午，第一被告差不多黃昏時分才現身取車。就在他拉開車門的剎那，我們一擁而上，合力制服他。當時，第二被告不知從哪裏撲出，打傷我們，協助第一被告逃跑。幸好增援的同僚及時趕到，我們才成功把兩人繩之於法。」

「謝謝你，拉森警員。」檢察官轉身向法官微微點頭，「法官大人，我沒有問題了。」

法官道：「第二被告的辯方律師，輪到你發問。」

辯方律師是個黑人，他拉正頭上的銀絲假髮，雙手背在身後，慢慢踱到證人台前，像觀看籠裏的動物似的，以怪異的眼神上下打量拉森。

拉森牢牢盯着黑人律師，毫不示弱。

黑人律師冷淡地問：「拉森警員，你們為何埋伏等候第一被告？」

「因為他是毒販。我們有理由相信，他的車子內藏有毒品。事後，我們的確在行李廂裏找到一公斤可卡因。所以，我們在附近埋伏，待他取車時，來個人贓並獲。」拉森滿懷自信地作答。

「行動時，你們有沒有穿上警察制服？」

「當然沒穿制服啦！」拉森露出一副鄙視的嘴臉，只差「廢話」兩字沒說出口，「那傢伙若看見警察在場，早就溜掉了。」

陪審團當中有人竊笑，似乎取笑黑人律師問得笨。陪審團由五男二女組成，全是白人。

「那你當時身穿什麼衣服？」

「反對。」檢察官高聲抗議，「法官大人，我反對辯方律師提出與案情無關的問題。」

「法官大人，我的問題與第二被告的清白有莫大關係。」黑人律師反駁。

「辯方律師，請你盡快進入正題。」法官嚴肅地說：「證人，請你回答。」

「我裝成喝醉酒的流浪漢，坐在停車場旁邊的木凳上。」

黑人律師追問：「你那三位同僚呢？」

「都是一樣。」

「一樣什麼？」

「裝扮成流浪漢。」

「當你們拘捕第一被告時，有沒有出示警章、證件？有沒有表明身分？」

「我曾對第一被告說，我是警察。」

「有沒有出示警章、證件？」

「沒有。因為……當時情況緊急、混亂……」

「你們有沒有向第二被告出示警章、證件？或者表明身分？」

「我……記不起。」

「記不起還是沒有？」黑人律師雖然咄咄逼人，但態度依然保持最基本的友善。

「他突然撲出，見人便打，我們一下子都給他打傷了，如何出示警章？如何表明身分？」拉森顯得極不耐煩。

「對，你們給他打傷了。」黑人律師從容退回桌子旁，撥開桌面的檔案，「請問，他用什麼武器打傷你們這四位體格魁梧的警員？」

「爆……」拉森雙眼轉而盯着自己的鞋尖。

「請你說大聲一些，可以嗎？」

拉森的頭垂得更低說：「爆米花。」

「哈哈……」旁聽席上爆出一陣粗獷的哄笑。

「卜——卜——」

法官拿起木槌敲打桌面，喝道：「肅靜！」

旁聽的人緊閉嘴巴，不敢發笑。

笑聲甫落，黑人律師從桌上拎起一個透明的證物袋，高舉過頭。證物袋裏盛着一把爆米花，黑人律師朗聲問：「就是這些爆米花打傷你們嗎？」

拉森抬頭，瞥一眼黑人律師手上的爆米花，臉上猶有餘悸，說：「是。邪門極了！這些爆米花打在身上，比起被石子擲中還要痛。我沒說謊啊！約翰遜、積臣、端納現在不正是躺在醫院裏嗎？」

「勒——」

黑人律師有意無意地隔着膠袋捏碎了一顆爆米花，似笑非笑地說：「噢，法官大人，我不小心弄壞了本案一顆……兇器，請你原諒。」

「哈哈……」旁聽席上哄堂大笑。

「卜——卜——」

法官喊道：「庭警，請維持秩序。」

庭警挺着大肚腩，木無表情地走到旁聽席前。旁聽的人都正襟危坐，不敢造次。

黑人律師放下證物袋，回身瞧着拉森，問：「拉森警員，在拘捕第一被告時，你們可有毆打他？」

「反對，我反對辯方律師使用不恰當的措詞。」檢察官道。

「反對有效。」法官道。

「Okay，我更正提問。拉森警員，在拘捕第一被告時，你們可有使用武力？」

「他拒捕兼襲警，我們使用法例賦予警員的適當武力去制服他。」

「如果我說，你和三位同僚打扮成流浪漢，在停車場內以武力制服第一被告，當時你們沒出示警章、證件；我的當事人剛巧目睹一切，誤會你們當街搶劫，遂出手阻止劫匪傷人。你同意麼？」

拉森警員不以為然地說：「不同意。」

「你為什麼不同意？」

「他……看見劫案，應該……致電911，不應插手。」

「法官大人，我沒有別的問題了。」黑人律師胸有成竹地退下。

「現在，證人可以離席。」法官翻一翻桌上的文件，道：「傳召第二被告。」

*　　*　　*

站在犯人欄前的庭警聞言，隨即拉開木欄。

我輕輕拍一下大腿，站起來，走過第一被告身旁，輕輕鬆鬆地步出犯人欄。第一被告是個墨西哥青年。

旁聽席的人紛紛朝我投以好奇的目光，覺得我用爆米花擊傷四名警員，實在不可思議。

庭警領我來到被告席，法庭書記指示我手按《聖經》起誓，我一一照做。

程序做妥後，我才坐定，檢察官急不及待向我發問：「阿 Wing，請問，你的職業是什麼？」

「攝影師。」

「你從哪裏來？」

「香港。」

「為了公幹？」

「不，我來旅遊。你們的 Phil Harderger 市長在網頁上邀請各地遊客到聖安東尼奧捕捉德州精神嘛。於是，我就來了。」

「就這麼簡單？」

「當然不止。」我氣定神閒地說，「還有，我是 NBA 迷，專程來找馬刺隊的球星簽名。」

「Yeah……」有人低聲喝采。

對於這陣喝采，法官不以為忤。

檢察官接着問：「唔，你懂中國功夫嗎？阿Wing。」

「懂。」我爽快地回答。

「你用爆米花打傷那四名警員？」

「不錯。大家有興趣再看一遍麼？如果檢察官願意幫忙，我不介意即場示範。」

「呵呵，我如何幫忙？我可不懂中國功夫哩！」

「你站着不動，便行。我在這邊用爆米花攻擊你，一顆就可以把你擊倒。」

「不必了，既然你已承認襲警。」檢察官趕緊跳到下一道問題，生怕法官一時興之所至，想看示範，「你襲擊拉森警員等人時，知道他們是警察嗎？」

「我知道。我看見他們腰間的槍套貼有警察標誌。」

黑人律師大為詫異，他一心為我鋪排因誤會發生劫案而出手救人，藉以助我脫罪，但我臨時「爆肚」，打亂了他的部署。他只好執起鉛筆，急急寫下重點。

我一一招認控罪，檢控過程出奇順利，檢察官也有點驚訝。他得理不饒人，進而追問：「你為什麼襲警？」

「為了救第一被告。」

「嘩……」旁聽的人同聲一歎。

「答得好。」檢察官握着拳頭，作出判決性的總結：「各位陪審員，第二被告很合作，他已承認在案發當日為了幫助第一被告拒捕而襲擊警員。故此，他極有可能是第一被告的同黨……」

「反對！我反對檢察官作出不合事實的猜測。」我突然大唱反調。

檢察官愕住了：「你……」

我掃視四周，徐徐說道：「當時我目擊到的並非警察逮捕疑犯，而是警察濫用暴力，毒打此案的第一被告。我看到第一被告手無寸鐵、雙手反銬的躺在地上，被四名警員拳打腳踢。這位拉森警員還手執木棍，猛力拷打第一被告的屁股。我們中國人有句名言，『路見不平，拔刀相助』。我身上沒有刀，只有一包爆米花，我便擲爆米花相助。」

陪審團和旁聽者都議論紛紛。

「肅靜。」法官喝止。

我的黑人律師放下鉛筆，向我滿意地點頭。

「唉！」我長歎一聲，語重深長地說下去：「老實說，美國的人權紀錄臭名遠播，尤其白人警察虐待有色人種的惡行，簡直罄竹難書。例如 1992 年 4 月的洛杉磯暴動、1996 年 10 月的佛羅里達州暴動，都是白人警察毆打黑人所致。這趟在聖安東尼奧，幸虧我出手制止白人警察的惡行，不然的話，恐怕你們也會走上洛杉磯和佛羅里達州的舊路哩！說來，你們應該感謝我。」

法庭內立時壁壘分明，有色人種不約而同向我豎起拇指，示意支持。另一方面，包括法官和陪審員的白人則眉頭大皺，拉森更是臉如土灰。

「我沒問題了。」檢察官匆匆退下火線，為免給我機會大放厥詞。

接着是黑人律師上場，他順着我先前的答辯，向我查問兩個補充問題：第一，是否認識第一被告？第二，是否知道第一被告是毒販？

我的答案全是「否」。

*　　*　　*

退庭十五分鐘後，控辯雙方輪流作出結案陳詞。檢察官雄辯滔滔，列舉十項罪證、五大理由，要求陪審團裁定第一被告和我的所有控罪成立。

第一被告的辯護律師鑑於鐵證難翻，選擇替當事人認罪求情。至於我的黑人律師，他挺直腰板，神情肅穆地走到法庭中央，意味深長地看了我一眼後，便開口說道：「1963 年 8 月 28 日，我國著名的民權鬥士馬丁·路德·金用激昂的語氣、憂悒的聲音、肯定的字眼向世界宣告：我有一個夢，終有一天，在喬治亞州的紅土山上，奴隸的兒子和奴隸主的兒子將同席分享兄弟情誼。我有一個夢，終有一天，即使是密西西比州，也將變成自由和公平的綠洲。我有一個夢，終有一天，我的四個孩子不再生活在一個以膚色取人的國家裏，各人憑自己的個性盡展才華……

「法官大人、諸位陪審員、諸位親愛的聖安東尼奧市民，美國南部曾有一段不光彩的歷史，我們腳下這片土地，昔日是一個極不公平、極不人道的地方。經過先賢們百多年來的努力，種族之間的紛爭和隔閡已日漸消弭。今天，我們應該繼承前人的理想，發揚公正、平等、互愛，同建幸福家園。我的當事人仰慕德州精神，不遠千里而來，恰巧遇到這宗不幸事件。我的當事人來自俠義之國，他身懷武功，路見不平，他不僅拯救了第一被告，還拯救了那四名濫用暴力的警員，不讓他們不義的、血腥的雙手一錯再錯。我的當事人更拯救了聖安東尼奧，拯救了德州，不讓我們的家園，變成一個充滿種族仇恨的地方。所以，我懇請陪審團作出明智的裁決，給予我的當事人無罪釋放。」

雖然黑人律師的陳詞情理兼備、擲地有聲，可面對清一色的白人陪審團，縱有三寸不爛之舌，而要在白人為主流的社會裏，為非白人討回公道，談何容易！

結果，陪審團以五比二之數，裁定我的七項控罪包括：傷害警員拉森、傷害警員積臣、傷害警員端納、傷害警員約翰遜、藏有攻擊性武器危害別人、妨礙警察執行任務、協助及教唆第一被告販毒等全部罪名成立。

法官決定把我和已認罪的第一被告還押監獄，兩星期後再開庭宣判。

2

「阿 Wing，謝謝你出手相救。這趟連累你，我非常抱歉。」第一被告悄聲道。

第一被告名叫法蘭西斯，身形高瘦結實，皮膚黝黑，滿臉稚氣，一頭天生的鬈髮，看起來亂蓬蓬的，像剛從海上歸航的長途旅人。在美國販毒的最高刑罰是終身監禁，雖然法蘭西斯為求法官從輕發落而坦白認罪，但即使打五折，也得半輩子坐牢。他今年才二十四歲，他朝刑滿出獄後已步入中年，大好青春歲月都在鐵窗下度過，實在令人惋惜。

我安慰他：「沒關係，律師會替我上訴。你要好好保重，日後要重新做人。」

法蘭西斯低頭泫然。

「嗨，中國人。」坐在我們對面的警員搭訕，「聽說你的功夫很厲害，一人打四人，可不簡單。」

我沒理睬他，側着頭觀看囚車外的景物。柏油路正冒着陣陣熱氣，不難想像空調車廂外面的酷熱。囚車駛在通向市郊的公路上，公路兩旁盡是荒廢的平原，廣闊的天空下更見人煙稀少。

「聽說你想捕捉德州精神。中國人，你知道什麼是德州精神麼？諒你也不知道，來，我親自給你示範。」說罷，他來個快速拔槍，食指勾着扳機護圈不住轉動。

我喃喃道：「當心走火……」

囚車司機瞄着倒後鏡，呼一下口哨，笑道：「漢斯，好威風啊！」

「小心駕車……」我又喃喃道。

漢斯「唰」的把手槍插回槍袋，嚷道：「我像不像尊榮？像不像列根？」

我笑着說：「像！太像了，簡直一模一樣。」

「你倒夠眼光。」漢斯咧嘴而笑。

駕駛座旁的警員回頭說：「中國人，你一定看了不少美國的牛仔電影。」

「像臥在棺材裏的尊榮，像患上老人痴呆症的列根。」我保持着剛才的笑容。

「你找死！」漢斯大怒，再拔出手槍。

「砰——」他的手槍突然走火。

「哎！」駕駛座旁的警員發出一聲慘叫。當下鮮血四濺，擋風玻璃、前座儲物格、司機臉上、分隔前後車廂的鐵網，頓時血迹斑斑。

「軋——」司機急忙煞車，他俯身察看同僚的傷勢後，轉身顫聲道：「漢斯，他……死了……」

漢斯渾身發抖的說：「我……無心之失……」

「你這個豬玀！你殺死同僚啊！」司機一面抹淨臉上的血污，一面厲聲責罵。

「我……怎麼辦？求你……救我……」

我用肩頭碰一下法蘭西斯，道：「看來，你快有個伴兒陪你坐牢了。」

「不會的。獄卒不會把犯事的警察與其他囚犯關在一起。若然這樣，那警察必定活不過三天。」法蘭西斯也幫腔恫嚇漢斯。

漢斯驚惶失措的哀求：「救我……」

司機喊道：「漢斯，冷靜！冷靜！別給他們嚇怕，也別自亂陣腳。我有解決辦法……」

「什麼辦法？」漢斯急問。

司機用狡黠的目光掃視前後左右，確定沒有目擊者，便匆匆把囚車駛離大路，轉進一條狹窄的支路。

「你想幹什麼？」漢斯問。

這同是我和法蘭西斯心裏的疑問。

「不要吵，相信我。你牢牢的看守着這兩個犯人就是。」

我和法蘭西斯互望一眼，不知道司機的悶葫蘆裏賣什麼藥。不過同僚中槍，他卻不急於趕往醫院，反而神神祕祕的駛進一條荒僻小路，鑑貌辨色，他的所謂解決辦法，多半是見不得光的勾當。

*　　　*　　　*

大約三分鐘後，囚車再度停在一排灌木後面。司機拔槍在手，道：「下車，押他們下車。」

「快走！」漢斯推開尾門，提起右腿，踢向法蘭西斯的大腿。法蘭西斯被迫下車，我緊隨其後。

四周一點風也沒有，空氣翳悶得幾乎令人窒息。

司機跑到車尾，對漢斯說：「我們一人一個，幹掉他們，再弄傷自己，誣陷他們企圖越押，更殺傷警員，最後被我們當場擊斃。」

法蘭西斯一臉驚怒：「你們怎可以這樣做！」

漢斯緩緩舉起手槍，漠然地道：「沒法子，中國人、墨西哥人，我為求自保，對不起。」

我搖頭說：「說對不起的人，應該是我。」

「為什麼？」

「因為，我即將揍你們一頓。」

漢斯語帶譏諷：「呵呵，你雙手被銬，憑什麼……」

此時，一物忽地自我手中飛到漢斯和司機跟前，反射着德州的猛烈陽光，漢斯和司機不期然瞇起雙眼。我一晃趨前，腳踏「玉環步」，踢出「鴛鴦腿」，把兩人手上的短槍踢上半空。手槍剛起，那物即落，「啪」的砸在地上，那正是一早給我鬆開了的手銬。

我接着翻個筋斗，在漢斯和司機的頭頂掠過，雙手左右一分，各抓住一柄掉下的手槍。漢斯和司機還未弄清我的位置，我已落在他們身後手握槍管，旋身而上，口裏喊道：「前額、右頰、下巴、心窩、左肘、右腕、肚臍、右膝、尾龍骨。」口到手到，方位分毫不差，我用槍柄各在他們身上連敲九記，敲得他們金星直冒，軟軟的癱在地上。

法蘭西斯見狀，張大嘴巴，久久不能合攏。

我把手槍掉在漢斯和司機的腳邊，法蘭西斯驚歎不已：「阿 Wing，你……的武功……真厲害！」

「好武功又有何用？襲警和越押，我們這次跳進黃河也洗不清。」

「那麼，我們趁機逃跑吧。這兒離墨西哥邊境不遠，你隨我逃回墨西哥，一過邊境，我們就安全。」

「事到如今，惟有依你的意思。那邊有個小農莊，我們過去偷衣服和車子吧。」我說。

法蘭西斯憤然地道：「這兩個傢伙想害我們，我們乾脆將他們滅口。」

「不必了。槍殺同僚、走失犯人，他們的境況跟我們不遑多讓。說不定，他們比我們更早穿上囚犯的號碼衣哩！」

「好，就留住你們兩條賤命。」法蘭西斯向躺在地上的漢斯狠狠回敬一腳。

消了氣以後，法蘭西斯隨我步出灌木叢，望那小農莊跑去。十分鐘後，我們大汗淋漓的抵達農莊的穀倉外面。周遭一片寂靜，農莊裏看似無人。今天是星期五，農莊的人想必出外度長週末了。穀倉和房子之間的空地上，泊了一輛舊式雪佛蘭房車，房子門前曬晾着一些衣服。

車子和衣服俱備，我說：「天助我也。」

「對，我們的運氣開始轉好了。」法蘭西斯道。

「你取衣服，我取車。」我邊說邊閃身竄出，迅速走近房車。

我在車旁稍待一會，汗珠從頭髮流至頸項。四周並沒異樣，我拉開車門，跳進駕駛座，在太陽擋後面找到車匙。

法蘭西斯捧着一堆衣服也跳進車裏，我拿起車匙，插進匙孔試着扭動，引擎「隆」的啟動了。

「駛到三十五號公路，一路南行。」法蘭西斯道。

「我們的目的地在哪裏？」

「墨西哥北部的 Nuevo Laredo 市。」

我轉換排檔，踏下油門，老舊引擎「噏咳」幾聲後，雪佛蘭徐徐開行，載着我和法蘭西斯亡命天涯。

II 迷城任務

羅密歐「猝死」，阿Wing綁架茱麗葉，

兩大黑幫首領秘密見面……

1

法蘭西斯生於墨西哥中部的貧瘠山區，家鄉裏年輕力壯的男子，多往城裏謀生。法蘭西斯十五歲離家，數年後輾轉到了 Nuevo Laredo，並加入一個名為 Los Zetas 的黑幫。

Nuevo Laredo 與美國德州的 Laredo 毗連，又有公路直通首都墨西哥城，是墨西哥北部最繁忙的內陸口岸，每天都有九千多輛卡車由那裏進入美國。

哥倫比亞毒梟看中 Nuevo Laredo 的地利，遂與當地黑幫勾結，幫助他們將毒品運入美國。按美國政府 2005 年的估計，美國境內九成的可卡因來自墨西哥，市值超過 200 億美元。

自九十年代中期開始，黑幫 Los Zetas 一直橫行 Nuevo Laredo，無論人力、財力、武器，均遠勝警方，例如黑幫分子配備 AR-15 突擊步槍，警察只有 9mm 口徑手槍。更糟糕的是全市七百名警察，當中約有三成為毒梟工作，市政府根本無力控制局面。

到了 2003 年，墨西哥總統銳意整頓黑幫，並出動軍隊嚴打 Los Zetas，大舉搜捕黑幫分子，Los Zetas 更有好幾十名首領落網。大家滿以為 Nuevo Laredo 從此得逞。豈料 Los Zetas 經此一役，分裂成不同的小幫派，各霸一方。除了一如既往的作奸犯科以外，幫派之間的仇殺、衝突更是無日無之，治安比從前更糟！

法蘭西斯加入沿用 Los Zetas 稱號的幫派，屬 Los Zetas 系統中勢力最大的一幫，犯案最為猖獗。2006 年 Nuevo Laredo 的警察局長上任不足七小時，便遭 Los Zetas 黨徒槍殺了。

法蘭西斯不是一個狠辣的人，起初他在幫內的發展並不如意；但去年他與首領的獨生女熱戀至談婚論嫁，在黑幫的前途變得一片光明。首領為要考驗這個未來女婿的辦事能力，便給他下了一道考題，命他獨自攜帶二百公斤可卡因到美國找賣家，倘若成功交易，首領才讓女兒嫁給他。

法蘭西斯為求穩妥，先把一百九十九公斤可卡因藏好，再帶一公斤貨樣到聖安東尼奧跟買家接洽。可惜，他到步不久，即遭拉森等人拘捕。

談到這裏，法蘭西斯意興闌珊的歎道：「阿 Wing，若非遇上你，我即使不被他們打至殘廢，也要受大半輩子牢獄之災。唉！販毒這口飯，終究不是我這種人吃的。」

老爺車沒有空調，混着塵土的熱風從敞開的車窗吹進來，不一會，身上的毛管已黏滿灰塵，教我渾身不自在。

我問：「你有何打算？」

「我這幾年總算有些積蓄，足夠回鄉搞點小生意。」

「你的未婚妻呢？我覺得，你捨不得離開她。」

「南茜是個好女孩。她深愛我，相信她會隨我離開 Nuevo Laredo。」

「山區的生活條件不比城市，她習慣城市的生活，未必願意跟隨你到山區捱苦。」

法蘭西斯堅定地說：「我了解她，並有信心勸服她。」

「還有黑幫首領那一關呢？南茜是他的掌上明珠，我擔心他不會輕易讓你們如願。」

「我相信精誠所至呀。而且，我失手被擒，首領一定以為二百公斤可卡因已遭警方扣查，現在我帶同一百九十九公斤回去，他失而復得，必會喜出望外。我的首領外號『南美虎』，他人如其號，爽直豪邁，性情曠達，他心情好時，什麼都可以談。」

「聽你這樣說，關鍵便在於那一百九十九公斤可卡因了。」我儘量用輕描淡寫的語氣問：「存放的地方可靠嗎？」

「你大可放心。我把它們寄存於長途客車邊境轉車站的儲物櫃內。櫃門的編號是五十八。」法蘭西斯向我眨一下眼，「南茜是5月8日生日的。」

「你連這個也告訴我，不擔心我偷走你的可卡因麼？」

「我們是生死之交啊！我們墨西哥人最重義氣，你敬重我，我便敬重你。何況你是俠義之士，不會貪圖販毒得來的金錢。」

「謝謝你的信任。」我暗中按下方向盤後面的袖珍按鍵，「前面有一個加油站，我得過去為這輛老爺車加添汽油。」

法蘭西斯懊惱地說：「可是，我們身無分文……」

「儲物格內有些美鈔，是車主留下的。」

法蘭西斯連忙拉開儲物格，果然找到一小疊二十美元鈔票。他笑道：「我還可以買點小吃哩。」

我不再開口，默默把車駛進自助加油站，停在汽油泵旁邊。

法蘭西斯問：「你要吃什麼？」

「我不餓。」

「待會見。」說罷，法蘭西斯下車，瀟灑地步向加油站的便利店。

我關掉引擎，雙手放在腦後，靜靜靠在椅背上。

＊　＊　＊

法蘭西斯進了便利店後不久，一人登上雪佛蘭，坐在我身旁。

「嗨，特工阿 Wing。」他是剛才被我打量的漢斯。

「嗨，FBI 的漢斯隊長。」我應道。

「聯邦調查局會先把法蘭西斯祕密囚禁起來……」

「請別傷害他，他的本性不壞。」

「這個當然。我們跟聖安東尼奧的警察不一樣。況且，我們將來起訴南美虎，還得靠他作污點證人。」

「你們將發布什麼消息？」

「兩名犯人企圖越押，墨西哥犯人遭警察當場擊斃，另一名中國犯人成功逃脫，現時下落不明。」漢斯頓了一頓，神色凝重地說：「為求逼真，我們不會把實情告知美國和墨西哥兩地的警方。」

我說：「你們若知會墨西哥警方，等於通知南美虎，我這個臥底來了。」

漢斯囑咐道：「你務要小心，警方已認定你為危險人物。要是讓他們遇見你，必會格殺勿論。」

「他們要殺我？沒那麼容易。」

「記得我的電郵地址嗎？」

我指着自己的側額，笑道：「你比老太婆還要嘮叨。」

「到達 Nuevo Laredo 後，如需迫切支援，你可找昆奴警長。FBI 曾在當地警界作過一些評估，肯定此人沒被毒梟收買。不過，按我們的估計，你有能力單獨完成任務。」

「如非必要，我不會找他。」

「這次將會是繼本年 8 月 16 日在美墨交界海域，逮捕釣魚消遣的墨西哥大毒梟哈維爾後，我們的另一傑作。」

「承你貴言。」

「保重了。」漢斯跟我握握手，然後推門下車，走進加油站的辦公室。

一輛茶色車窗的七人車，從加油站的另一邊開走，向北駛去。若沒猜錯，法蘭西斯該在車上。

我目送七人車遠去，最後變作公路盡頭一顆愈來愈小的黑點。

2

美國與墨西哥接壤的邊境線長達三千二百公里，是北美洲最著名的偷渡熱點。在墨西哥那邊，載滿偷渡客的舊巴士、貨車，每天源源不絕的駛向臨近邊境的各個小村落，一到入夜，一批又一批的偷渡客背着簡單的行囊，藉着夜幕的掩護迅速溜過邊界，一路向北走，追尋夢寐以求的「美國夢」。

邊界的另一邊，美國官員攪盡腦汁，堵截偷渡客。在地面，邊防人員乘坐裝有夜視儀、熱能偵測器、全球定位系統的吉普車穿梭巡邏；在半空，直升機來回盤旋，用強力射燈四下照射。另外還有各類隔離屏障，例如新墨西哥州政府在邊境築了一堵高科技鐵絲網，網下埋有感應器，柱頂裝有高解析度攝影鏡頭，三千公尺內的風吹草動，都逃不過先進儀器的偵測。

美國眾議院更在 2005 年底通過一極具爭議的法案——動用二十五億美元，於四個邊境州份興建分隔美墨兩國的一千三百七十公里圍牆，正是為了遏止偷渡。

然而，面對偷渡客的「人海戰術」，這些措施的成效與成本極不相稱。每年成功越過美國邊境的偷渡客，超過五十萬人。

墨西哥人偷渡到美國，其實關乎一個「雞與蛋」的問題。

在北美自由貿易協定之下，美國農產品由於獲得政府補貼，以低於成本百分之十至十五的超低價傾銷到墨西哥；墨西哥農民沒法競爭，惟有紛紛「逃離土地」，偷渡到美國謀生。對於每天辛苦工作只能掙得六美元的墨西哥人，到美國打工，即使是打黑工也是一種螞蟻爬向蜜糖式的吸引。實際數字顯示，在美國工作的墨西哥人每年匯返家鄉的金錢，已高達一百七十億美元，實乃墨西哥一大經濟支柱。

故此，如果你能解答先有雞還是先有蛋，也許便有智慧解決美墨邊境的偷渡問題哩！

因緣際會，我今夜成了這五十萬偷渡客其中一分子。所不同的是，我的偷渡路線是由美國進入墨西哥。

* * *

「喂，朋友，你走錯方向了。」左邊草叢裏有人低聲叫喚。

「不要多管閒事，我們自顧不暇哩！」草叢裏另有一人說。

「我們怎可以這樣自私？明知道人家走錯方向也不作聲。大家是同路人啊！我們幾經辛苦才偷偷過了邊境，要是因為迷路而前功盡廢，多可惜哩！」先前那人續道。

他們愈說愈大聲，我按捺不住，便立住腳步說：「你們走你們的陽關道，我走我的獨木橋。你們不要管我了！」

「好心沒好報……」

「大家別吵了，直升機飛近了。」

的確，天上傳來陣陣馬達的響聲。

「朋友，快躲進來，暫避風頭。」草叢裏有人向我招手。

另有人按下他的手：「不行，這裏沒空位了。」

「他若被直升機發現，會引來邊防士兵。」

我抬眼望天，射燈的光柱仿如一柄明晃晃的快刀，將漆黑的夜幕一片片剖開。方圓一百公尺內，就只有這叢雜草可供藏身。射燈轉眼要照下來了，我別無選擇，一個箭步矮身鑽進草叢。

草叢中竟蹲滿了人！

「不要擠……」

左邊，一人自草叢跌出空地。

馬達聲愈來愈響亮，光柱逐漸掃近。左邊那人不顧一切地撲回草叢內，一股蠻力壓向右方。

「不要迫……」

右邊，另一人跌出空地。

直升機飛臨頭頂，射燈正正的照着右邊空地上的偷渡客，再由那人移到草叢。強光之下，草叢之間，一切無所遁形。

有人驚呼：「跑呀！」

我們像躲在地毯下的大羣蟑螂，遇上清潔工人掀開地毯，大夥兒倉皇逃命。

我拔腿拚命向南跑，卻遭一人拉住：「喂，朋友，你又走錯方向啦！」

「又是你！你別管我啊！」我企圖甩開他。

「嘰……」一輛吉普車從右側包抄過來，車上軍人用射燈照着我和旁邊的墨西哥人。

「分頭跑，你北，我南。永不再見。」我把那墨西哥人推向北方，自己則望南而逃。

誰知跑了大約二十公尺，後面響起急速的腳步聲和喘氣聲，回頭一看，又是那個墨西哥人。我喝道：「你為什麼冤魂不散似的，總是跟着我走？」

「我不想跟着你的，但那邊有美軍，我闖不過去啊。」

「嘰……」吉普車在墨西哥人身後追來。車未駛至，射燈已照得我睜不開眼。

他竟把美軍招引過來，可惡！

我彎身撿起三顆石子，扣在指間，跨步上前，左手撥開墨西哥人，右手望光源一一彈出石子。

「波……」

「啪——」射燈熄滅。

「啪——」、「啪——」車頭燈熄滅。

我們仍未脫身，因為美軍配有夜視鏡，能在黑暗中清楚看見我們。果然，左右兩側都傳來踢躂跫音，細聽是左右各一人，他們打算夾擊我們。我要擊倒他們並不難，但他們只是執行職務而已，我不忍傷害他們。要擊倒而不傷害他們，難度甚高。

那墨西哥人猛力拉扯我的衣袖：「朋友。」

「你又想怎麼了？」

「這邊走。」他急急領着我一步高一步低的向南走，不斷左拐右轉，試圖擺脫美軍的追蹤。原來，他十分熟悉周遭的路徑，猛虎不及地頭蟲，我惟有跟從他。

我們跑了一百多公尺，至一叢比我還要高的仙人掌後面。美軍的跫音雖仍清晰可聞，但距離已比剛才拉遠了不少。

墨西哥人驀地蹲下，用手掃開地上的沙土，未幾，沙土下現出了一塊木板。他抓着木板，使力一掀，地面露出一個深邃的洞。洞口可容一人進出。他指一下地洞點頭，我隨即會意，縱身躍下，原來下面是一條地道。着地後，我靠邊站穩，騰出空位，好讓墨西人哥也跳下來。

他「噗」的跳下地道後，推推我的肩頭，示意繼續前行。地道又黑又窄，伸手不見五指，我在前頭摸着洞壁步步為營。他在後面叫道：「小心碰頭，不用焦急。美軍不敢追下地道的，我們安全了。」

「噢，你剛才沒有掩上木板。若給美軍發現入口，你這條地道便要作廢了。」我憂心忡忡地說。

「這種地道，我們十天八天便挖它一條。要是這條作廢了，我們便往別處再挖。今晚既然不順利，我便先回 Nuevo Laredo，下星期再來。」

「你來自 Nuevo Laredo，真巧，我正要往那兒。」

墨西哥人恍然大悟：「怪不得你硬要往南走啦。咦，莫非你是阿 Wing ？」

「你怎知道我是阿 Wing ？」

「我在電視新聞知道你的事。你在聖安東尼奧市，從那些壞警察手上拯救了法蘭西斯，後來你們越押，法蘭西斯遭警察幹掉了。法蘭西斯是黑幫老大的親信哩！Nuevo Laredo 的居民雖然不喜歡黑幫，但對於你的敢作敢為，大家都很佩服。」

「過獎了。老兄，你叫什麼名字？」

「我叫山齊士，正職是計程車司機，公餘兼職當越境嚮導。我熟悉 Nuveo Laredo 的人和路，你想找誰、往哪裏，儘管說，由我帶路。」

「我想找南美虎。」

「喲！」

「怎麼了？」

「我碰痛了頭。」

「沒流血吧？」

「不礙事。唔，阿 Wing，恕我直言。聽說起初你不知道法蘭西斯是毒販才出手救他，現在你既然知道他是 Los Zetas 的人，為什麼還要招惹他們？」

「我想捎個口訊而已。」我依稀看見前面有光，便問：「我們快到出口了，對嗎？」

「差不多吧。你今晚可在我家住下，我明早替你約見南美虎。南美虎行蹤飄忽，外人極難找到他。我認識幾個 Los Zetas 的小混混，可以找他們代為通傳。」

說時，我們已爬出地道，踏足 Nuveo Laredo 外圍的野地。

山齊士的計程車泊在地道出口附近。

3

四周黑壓壓一片，微弱的燈光在遙遠的前方閃鑠不定。山齊士載着我向燈火通明處進發，駛過一段又一段暗昧的公路，最後停在一列兩層高的房子前面。山齊士關掉車頭燈，一盞昏黃的路燈頓成這街道上的惟一照明。我們離開車子，經過路燈之下，繞過那列房子，摸黑來到一間單層木屋門前。

山齊士取出鑰匙，打開木門。一股公羊的氣味從屋內飄出，我還以為自己站在一個羊棚外面。這房子真臭！

山齊士亮起吊在天花板的小燈泡，道：「累死了。你可以睡那張牀。晚安，明天再談。」說罷，他脫去上衣，光着身子，躺在長沙發上呼呼大睡。

這裏四壁糊滿成人雜誌和旅遊雜誌的散頁，我看看那張又髒又亂的所謂牀，抿一下嘴巴，黑了燈，小心跨過一個紙箱和一張木條凳，和衣躺在牀上。

躺在瘴氣與悶熱之中，感覺像與羊同眠。未幾，山齊士響起吵耳的鼾聲，空氣污染以外，再加上噪音污染。雖然我累了，身子倦怠卻睡不着，腦子清醒得很，想起李華川的幾句詩：

一爐火昇起

自太陽沉落

火爐起舞

在無星的夜

真是熱得要命！

腦海浮現了當日在聖安東尼奧的情景：我與漢斯隊長一起於停車場旁邊的酒店房內假扮毒品買家，等候法蘭西斯。

*　　*　　*

近年，南美虎領導的 Los Zetas 漸由替哥倫比亞毒梟運毒，轉營為販賣毒品。南美虎從哥倫比亞大量入貨，再抬高價錢轉賣給美國的拆家，這不僅獲利豐厚，還可操縱美國的毒品價格。另一方面，南美虎利用販毒收益，不斷招兵買馬，添購武器，到處霸佔地盤。由於 Los Zetas 日漸坐大，美、墨兩國政府都視南美虎為頭號打擊目標，誓要盡快逮捕他。因此，FBI 情商我幫忙，加入他們的特別行動小組。

早前，漢斯收到情報，得悉法蘭西斯往聖安東尼奧尋找毒品買家。我們便透過線人跟他交易，希望建立貿易關係，藉此引出南美虎，將 Los Zetas 連根拔起。

眼見第一步即將成功，可惜，中途殺出「程咬金」——拉森等人在停車場拘捕了法蘭西斯。事急馬行田，我臨時改以現代俠客的形象現身，打救了法蘭西斯，從而接近他，取得他的信任。

FBI 原本的構思是我與法蘭西斯越押逃返 Nuveo Laredo。不過，幾經考慮，漢斯認為法蘭西斯較為單純，容易受騙，南美虎則是老江湖，被捕、上庭、越押等都偏離我們的計劃甚遠，難免存有漏洞，讓南美虎跟法蘭西斯見面，南美虎可能問出一些疑點。所以，更理想的方法，是從法蘭西斯口中問得餘下一百九十九公斤可卡因的下落，並由我一人深入 Nuveo Laredo，以那批可卡因為餌，引南美虎上釣。

此際，我已成功潛入 Nuveo Laredo，就連計程車司機也知道我跟法蘭西斯一同越押，南美虎一定渴望從我口中打聽那批可卡因的下落，他中計是早晚的事。哼！南美虎，你走着瞧吧⋯⋯

「阿 Wing⋯⋯」

「嗄？」我搓搓雙眼，「天亮了？」

「豈止天亮，日上三竿了！」山齊士把一套衣服放在牀頭，「你先梳洗一下，換過這些衣服，新的。我送你去見南美虎。」

「你跟他約好了？真快！」

「他似乎很想見你。今早我打電話給 Los Zetas 其中一個小混混，告知他關於你的事，沒多久，對方就有回覆了。」

「我們約好在哪裏見面？」

「Boy's Town。」

III 侏儒殺手

英雄頻頻出醜，西洋撲克一紙斃命，

誓得失蹤可卡因的下落！

1

Boy's Town 這地方，我略有所聞，它在市中心以西約十公里，是 Nuveo Laredo 的紅燈區，區內酒吧林立，龍蛇混雜，最宜藏污納垢。南美虎選擇在這兒會面，佔有「主場」之利，我得加倍小心。

「阿 Wing，請別怪我嘮叨。南美虎這些黑幫，你還是少惹為妙。」山齊士駕着計程車，正穿越市中心區。

我帶笑反問：「你也不是跟黑幫中人打交道嗎？」

「我跟你不同，我在 Nuveo Laredo 打滾，不得不認識黑白兩道的人。這是生存之道。」

前面十字路口的交通燈轉了紅色燈號，山齊士略為減速便筆直的駛過。

「啊！你闖紅燈呀！」我慌得抓緊扶手勸他，「我們不趕時間，你不必闖燈。」

「嘻，墨西哥人有一句俗語，紅燈不要停，綠燈慢慢駛。」說着，他又闖了一盞紅燈，「你聽過沒有？」

的確，左線的也闖，右轉的也闖，每輛汽車都闖燈。

面對闖紅燈的車子，對面行車線上的汽車絲毫不讓，由小路轉出大路的也不讓。墨西哥司機的心態竟如行人道上的路人，可以彼此穿插、擦身而過，真是險象環生。這裏的交通真混亂！

「你們應遵守交通規則！」我咆哮，「你這樣做太危險了！」

「停車才危險哩！」山齊士說得倒理直氣壯。

「此話何解？」

「你有所不知，本國綁架嚴重。紅燈停車，會給綁匪機會攔路截劫；綠燈慢慢駛，能避免跟對面衝紅燈的汽車相撞。大家都習慣這種行車方式。」

墨西哥的綁架案數字驚人，我怎會不知，卻不知綁架案衍生了交通問題。據 CNN 在 2005 年 8 月的報告，去年全球綁架案當中，有一半發生於拉丁美洲，而以墨西哥為最。研究犯罪學的學者相信，九成受害者沒向墨西哥警方求助，估計實際數字比官方公布的高出五倍。

「綁架比運毒、販賣軍火，賺錢更快，風險更低，本國的綁匪愈來愈多。」山齊士仿如閒話家常，「另一方面，警察的無能，亦助長了綁架案飆升。我們有個笑話，當家人被綁，致電保險公司較致電警方更為有用。」

「為什麼？」這話，我真的不明白。

「保險公司的人應付綁匪比警察更專業，更有經驗，他們懂得與綁匪談判、議價，以及安排交付贖金，讓肉票平安回家。」

「這可不是笑話。」

「笑中有淚啊！」山齊士苦笑。

我悻悻然道：「警力不濟，惡勢力大張旗鼓，小市民的生命財產毫無保障。」山齊士的話令我下定決心，務要剷除南美虎和他的黨羽，為民除害。

「在 Nuveo Laredo 當警察，如果不肯同流合污，想活命的話，就要得過且過。黑幫連警察局長也敢殺，哪位普通警員賣力執法，黑幫就先幹掉誰。單單去年就有十多位警員殉職。我的表弟本來也是警察，去年一次與同僚搜查疑犯的房子時，發現一張死亡名單，上面有一批現職警員的姓名、諢名、職級、住址，有些還附着近照，其中包括我的表弟，嚇得他翌日辭工，逃回鄉下耕田。」

山齊士邊說邊把車子駛離高速公路，經過 PEMEX 加油站後，右轉駛進一條支路。車速明顯比早前減慢了許多。

我問：「到了嗎？」

山齊士指着前頭說：「看見那些高牆嗎？ Boy's Town 由六條街組成，於四堵圍牆之內。」

驕陽似火，遙望 Boy's Town 仿似被一團凝固了的熱氣包圍，牆外路旁的一排棕櫚樹猶如木雕，由看見至駛近它們，樹上的枝葉始終紋風不動。

我們的車子慢慢進「城」，那裏惟一的出入口旁邊設了警崗，只是警崗內無人當值。街上行人疏落，店鋪多還是關門，整個 Boy's Town 在悶熱中沉沉午睡。

「下午四時過後，這些酒吧才會陸續開門。」山齊士把車子靠邊停定，「對面那間仍做生意的酒吧，是 Los Zetas 的地盤。他們着你在那兒等候，自會有人帶你去見南美虎。」

我跟他握手道別：「山齊士，勞駕你了。後會有期。」

「萬事小心啊！這是我的電話號碼，你需要幫忙的話，可隨時找我。」他遞上一張紙條。

我收好紙條說：「謝謝。」

2

別過山齊士，我步出車外，橫越車路，跨過從裂開的地磚間冒出的雜草，走到「騎樓」底下。山齊士驅車離去。

酒吧的門敞開，門外放置了四張圓桌，裏面昏昏暗暗的，一個胖子酒保沒精打采地挨着吧檯呆坐。

為免進內會打瞌睡，我在門外坐下，喊道：「嗨，一杯冰涼的啤酒。」實在太熱了，要喝一杯啤酒降溫消暑。

胖子酒保沒瞧我一眼，也沒哼一聲，但他用可媲美電影裏的慢動作，取杯，斟酒，然後送到我面前。

我道謝一聲，端起酒杯，還未喝下，一輛警車「軋」的在酒吧門外來個急停，揚起一陣帶焦味的乾風，和着灰塵撲面而來。我皺起眉頭，瞇起雙眼，打量手上冒着氣泡的啤酒，杯中的懸浮物隨着氣泡飄來盪去，正考慮該不該喝下這杯啤酒，該不該叫駕警車的賠我一杯啤酒。開車的警員已搶出警車，右手按着槍柄，左手指着我，喝道：「你！別動，舉起雙手！」

這警員戴在左腕上的勞力士金錶，在陽光下閃閃發亮。一個週薪一百三十五美元的墨西哥警察手戴名錶，錢從何來？

南美虎出動警察來接我，確能掩人耳目。

街道兩旁的窗簾、門隙後面，開始有人探頭探腦地張望。手戴名錶的警察七情上面，命令道：「雙手放在頭上，慢慢站起來。面向牆壁，兩腿分開！」

好，你要演戲，我就奉陪到底。我依從他的指令，非常合作，讓他搜查我的衣袋。

「我沒有武器。」

「閉嘴！」他用手銬反扣着我，回身拉開後座車門，道：「上車！」

「不用推，我會合作。」我乖乖坐進警車內。

手戴名錶的警察鎖上車門，取出手提電話，匆匆按鍵。我隱約聽見他向對方提及通緝犯、阿 Wing、法蘭西斯等等。掛線後，他立即登車，開行。

一如所料，我沒有給送到警察局。二十分鐘後，警車直接駛進一座棄置貨倉，三個男人在那兒站着等我。

我除掉手銬，擲到前座去，手戴名錶的警察大為驚愕。我向他眨眨眼睛，逕自下車。

兩名大漢趨前，一人手執金屬探測器，另一人拿着反追蹤儀。幸虧我有先見之明，不攜帶任何武器、儀器，否則這趟一定暴露身分。他們從頭頂到腳尖的掃視一遍，確定我身上沒武器、沒追蹤器、沒竊聽器，才讓我走近站在貨倉中央那胖子。那人皮光肉滑，衣着光鮮，面帶笑容，像個準備哄你看示範單位的地產經紀。

此人有點面熟，他友善地說：「你好。我是牛奶蛇……」

牛奶蛇？我記起了，他於黑幫 MS-13 身居要職，坐第二把交椅，我在國際刑警的檔案裏曾讀過他的資料。奇怪，MS-13 一向活躍於薩爾瓦多，牛奶蛇跑來墨西哥幹什麼？莫非我記錯了？

「我來自薩爾瓦多……」

果然是他！

「你們中國人有句俗語，『相請不如偶遇』。湊巧讓我的警察朋友遇見你，我就託他把你請來見見面，談談天，交個朋友。」

「我本來要見的人，並不是你。」我不諱言的道。

「見我與見南美虎，都沒分別。」牛奶蛇摸摸自己潔潤的下巴，「因為，我跟南美虎的目的相同。我聽說，法蘭西斯携了二百公斤可卡因到美國，而美國警察拘捕他時，只搜到一公斤，其餘的一百九十九公斤在哪裏，你可知道？」

我從容不迫的說：「我知道。」

「真的？」牛奶蛇有點詫異，「你真是……既老實，又爽快。」

「但，我不能告訴你。」

牛奶蛇掀起嘴角笑道：「你會告訴我的。」

「何以見得？」

「因為不管南美虎給你什麼好處，我都會給你雙倍。」

「這樣做，你可能得不償失。」

「我願意不惜代價，搶走屬於南美虎的東西。」牛奶蛇的目光藏着一絲陰險，原來他從老遠跑來墨西哥，一心為要搶奪地盤。

我故作猶疑，道：「這個嘛，我得考慮一下。我答應過法蘭西斯把貨交還南美虎……」

牛奶蛇豎起三根指頭，躊躇滿志地說：「三倍。」

「Woo ！」我吹一聲口哨，「答應不錯是答應了，不過……」

「波士！」一人從門外奔進來，「南美虎的手下來啦！」

牛奶蛇沉吟片刻，道：「目下，還未到跟他正面交鋒的時候，我們撤退吧。帶他走。」

「你錯了，牛奶蛇。」我站着不動，「我若不願意，無人可使我移動半步。」

一名大漢從後推我的背，我使出「千斤墜」，雙足釘牢地板，半步不移。大漢拿我沒辦法。

我神態自若地說：「你以為憑這個貪污警察，就可以請得動我嗎？」

「你說什麼？混帳！」手戴名錶的警察老羞成怒，如蠻牛般向我直撞過來，想將我撞個四腳朝天。

我身後的大漢使勁再推。我看準來勢，辨清方位，在電光火石的瞬間來一式「斗轉星移」。情況就像大漢和警察同時一裏一外的全力撞門，卻不知那是沒上鎖的旋轉門，結果兩人一撞就過。我當然不讓他們就此衝了過去，順勢雙手一勾，勾住他們的褲帶，施展「四兩撥千斤」，為他們修正軌道。

他們繞了一圈後，「龎」的重重撞在一起。警察的眼角流血，大漢則丟了一顆門牙。

我不待招式使老，閃身偷位，欺近另一大漢。他正自腰間拔出手槍，我一拍一捏一採（拍他的曲池穴、捏他的手腕、採他的手槍）。晃眼間，槍已在我手中，他揉着酸痛的手腕，茫茫然不知所措。

「好，好。」牛奶蛇拍拍手掌，「阿 Wing，好身手。我不得不承認，現在我沒本事帶你離開。不過，我衷心希望，你能跟我合作。記着，為了達到目的，我是不惜代價的。」

「我會認真考慮。」

「這是我的電話號碼。阿 Wing，我期待你的明智決定。」他遞給我一張紙條。

此時，外面傳來「隆隆」車聲。

「我們走。」牛奶蛇說罷，轉身急步走向後門。

他的手下和手戴名錶的警察隨着撤出貨倉。

我把手槍扔掉，躍到警車的車頂，盤膝而坐，靜心等候。

「軋……」至少五輛車子停在貨倉外面。

「嘭——」有人踢開側門。

接着，十數名手持輕機槍的漢子，從四方八面衝進貨倉。

3

在南美虎家中看見他和南茜兩父女，令我想起黃國彬的一首詩：

進來一隻猛虎，

咆哮不絕；

出去一隻羔羊，

可憐可愛。

老虎進來，

我翻騰起伏如大海；

羔羊出去，

我溫暖平靜如山脈。

南美虎的一雙小眼睛長在賤肉橫生的臉上，格外顯得細小，若是匆匆一瞥，你會以為他是個掉了眼鏡的大近視，或者有勇無謀的莽漢；可是，當我直視他睜大的雙眼時，卻又感受到他的目光刺人。他臉上的另一特徵是滿臉鬍鬚，又濃又密，令人想起刺猬。

南茜長相跟父親截然不同，她留着黑色的長髮，五官鮮明，體態勻稱，曬得一身古銅色的肌膚。她稍稍垂下頭，一雙水汪汪的藍眼睛斜斜的向上瞧着我，低聲問：「法蘭西斯去世時，你在他身邊嗎？」

「唔。」我點頭。

「他有沒有遺言？有沒有提及我？」

「有。他說，他很愛你，希望與你結婚，婚後帶你回鄉下搞小生意，平平淡淡地過活。」

「哼！那小子真沒志氣！」南美虎怒拍桌面，「幸好他早死，我的女兒怎能下嫁這種沒出息的傢伙？」

「爸，請勿說死者的壞話，不吉利。」

「好，我們不談這個。喂，阿 Wing，你可知道，法蘭西斯帶了我二百公斤貨到美國做買賣，他被捕時，美國警察只在他身上搜到一公斤……」

「我知道那一百九十九公斤可卡因的下落。法蘭西斯先把它們藏在某處，才帶一公斤貨樣去見買家，我找你正是為了那些可卡因。」

「呵呵，太好了！快告訴我它們在哪裏。」

「告訴你不難，但要先談妥條件。」

「你想跟我談條件？哈哈……」南美虎仰天狂笑，右手慣性地拍打桌面，他的一眾手下也跟着陪笑。

一時間哄堂大笑，情況令我有點窘。南茜以一副愛莫能助的表情看着我，我惟有默然不語，待他們笑完再談。

兩分十五秒後，南美虎終於笑完了，他嗆咳幾聲，傲慢地說：「小子，我告訴你，從來沒有人敢在 Nuveo Laredo 跟我談條件。」

「凡事總有例外，因為你這次遇到一個『發窮惡』的人。」我愈說愈激動，「這個人就是我。我沒來由捲入毒品販賣案，沒來由變成越押通緝犯，有家歸不得。除了那一百九十九公斤可卡因，我如今一無所有，我要討回合理補償。」

「姑念你幫過法蘭西斯，我可以給你一點錢。」

「一點錢？我不是個討飯吃的。」我輕輕搖動食指，「誰想得到那些可卡因，惟一條件是價高者得——你和牛奶蛇一起競投吧。」

「放屁！我才不幹這種蠢事。區區百多公斤的貨，我才不放在眼內。」

「那麼，我就賣給牛奶蛇好了。即使定價再高，他都肯付。牛奶蛇取了屬於南美虎的東西。不消兩天，Nuveo Laredo 定會街知巷聞。」

「可惡！你敢在我面前耍花樣！」南美虎暴跳如雷，掄起拳頭重重擊落桌面，「貨我可以不要，錢我可以不賺，面子卻不能丟。你就算拿到牛奶蛇的錢，恐怕也沒命花！」

「卡——」一柄手槍指着我的左側太陽穴，只待南美虎一聲令下，左邊的打手便開火轟破我的腦袋。

「爸……」南茜欲勸止父親。

南美虎舉起左掌，一來示意南茜禁聲，二來，我相信他一放下手掌，打手便立即放槍。

我淺淺一笑，也舉起左掌，輕描淡寫地在桌面由左至右的橫抹一下。我這一掌看似毫不着力，其實已運上了上乘的內功。

「我的桌子很乾淨，不用你替我抹……」南美虎邊說邊伸右手按在桌上——

「嘎叭……」

桌面一受力，即自他手掌所觸之處如蜘蛛網般向外裂開，他頓時按了個空，「龐」的隨着破桌摔倒地上。

倉卒之間，打手們都大吃一驚，有人搶前護主，有人呆若木雞。

我的右腳跟向左一剔，踢起一根爛檯腳，射中左邊持槍打手的手肘，他喊了一聲，手槍掉地。我隨即迅捷往左一閃，先抄起那柄手槍，再靠右一縮，縮到南茜背後，握住她的手臂，在她耳畔輕聲說：「得罪了。」

「這不失是個沒辦法中之辦法。」南茜低聲應道，她臉上微微一紅，往後靠過來，擋住我的身子，令其餘的打手沒法瞄準，也不敢開槍。

南美虎站起來，破口大罵：「豈有此理！」

我朗聲歎道：「我初到貴境，想到處遊玩，可惜人生路不熟。」

南茜主動說：「爸，我帶他去逛逛。」

「南美虎，你不反對吧？」

「我可以反對嗎？」南美虎搓着摔痛了的後腰，「小子，我警告你，你要規規矩矩的。你若傷我女兒一根頭髮，我不將你碎屍萬段就不叫南美虎！」

我伸伸舌頭，道：「我們交易那日，令千金必會平安回到你身邊。」

「我安排好時間、地點，自會命人通知你。」

我堅持說：「我會通知牛奶蛇。」

「你……」南美虎怒睜一雙怪眼，似要隨時撲過來，把我撕開兩邊。

此地不宜久留，我把槍管搭在南茜肩上，提醒他人質在我手，主動權也在我手。南美虎只有這女兒，形格勢禁，他迫於無奈的大開中門，容我離開他的豪華大宅。當然，南茜與我同行。

4

「阿 Wing，你……」山齊士瞪大眼睛盯着南茜，用發抖的指頭指着我，顫聲道：「你學人家綁架？不單止……綁架，還綁走……南美虎的女兒……」

「墨西哥流行綁架，我入鄉隨俗而已。」我笑說。

南茜把手放在膝上，雙腳在長條凳下交叉着，「他說笑而已，我帶他四處遊玩。」

山齊士搔搔後腦，道：「你們玩好、吃好，我沒膽量奉陪。」然後，他三步作兩步的步出薄餅店，跳上他的計程車絕塵而去。

南茜興致勃勃地說：「吃完東西，我可以帶你到一些好玩的地方。」

「南茜，請恕我多言。對於法蘭西斯的死，你似乎不太傷心。」

「我本來挺傷心哩！他的死訊傳來的第一晚，我吃不下晚飯，伏在牀上一直哭，一直哭，弄濕了三個枕頭。爸爸在房外拍門，我都不回答他。不知道哭了多久。後來我做了一個怪夢，醒來以後，忽然想通了，便不再傷心。」

我咬了一口薄餅，放下，問她：「你夢見什麼？想通了什麼？」

「我夢見一個白馬王子。」南茜雙手互握，悠然神往，「他頭戴白色頭盔，一身白鎧甲，騎着一匹高大的白馬……」

「哭喪乎…… 」我一面咀嚼，一面嘀咕。

「你說什麼？」

「哭喪……喪哭……桑菊……對，薄餅應加夏桑菊。」

「你的口味真特別。」

「涼茶薄餅，清熱氣啊。後來怎樣？」

「雖然看不清他的容貌，但我相信他一定非常英俊。這個怪夢，給我一個新啟發：我生命裏的白馬王子還未出現。那清早，我一覺醒來，躺在牀上回想與法蘭西斯交往的日子，爸爸說得對，我們真的不合襯。」

「唉！」我不由得不為法蘭西斯慨歎一聲，他真是一個大笨蛋，自以為了解南美虎和南茜。可惜，這兩父女心裏想什麼，法蘭西斯其實一知半解。

南茜看了看我，緊張地說：「請你別誤會，我不是水性楊花的女子。法蘭西斯生前，我對他真心真意，曾答應他的求婚。如今死者已矣，但我還要在世上過活啊。我才十九歲，不可能為他守活寡，我積極追求幸福快樂，他知道的話，也會為我的堅強而感到安慰。」

「如果……我說如果，法蘭西斯沒死，他要帶你回鄉結婚，你可願意？」

「當然不願意囉！」南茜不經意地流露了一陣厭惡的神色，「跟他結婚，我樂意；跟他回山區生活，絕不可能。老實說，我有潔癖……別的不談，單是山區的旱廁又髒又臭，令人作嘔，叫我怎用得慣！」

我沉吟道：「旱廁的確不好，遠遠及不上我鄉下的茅廁。」

南茜一雙藍色的大眼睛好奇地看着我：「茅廁有何

優點？」

「我的鄉下在江南水鄉，茅廁建在池塘之上，用四張茅草織成的草蓆圍住。頭頂是朗朗青天，如廁的人蹲在兩塊木板上面，大便從木板之間『咚』的掉進塘裏，成為魚蝦的食糧，日子有功，塘裏的魚蝦也特別肥美。所謂人盡其才，地盡其利，物盡其用，水鄉的茅廁簡直集天地人的靈氣於一隅。」

南茜聞言色變，掩着嘴巴狼狽地跑出薄餅店。

「怎麼了？」我追在她後面。

「太恐怖了，我想吐……」南茜走到街上，突然呆住了；我追到街上，也呆住了。

本來熙來攘往的長街，不知何時已變得空空蕩蕩。兩旁的店舖全都重門深鎖，烏燈黑火。一團稻草被風吹動，由前街滾到後街。人們怎麼在頃刻之間跑光了？

我看看腕錶，問：「不是已過了午睡時間麼？」

「莫非……」南茜緩緩退到我身旁，街上的情景似乎令她忘了反胃，「一定是他。」

「誰？」

「大鼻子布朗。」南茜扯着我的衣角折返薄餅店。

*　　　*　　　*

身後的薄餅店老闆正要掩上大門，我趕緊把後腳躡進門隙，不讓他把門關上。老闆哭喪着臉，哀聲求道：「兩位好心腸，請不要留在小店……」

南茜豪氣地說：「待會你有什麼損失，我雙倍賠償。你儘管放心。」

我不待老闆考慮，後腿一踝，把大門踝開，牽着南茜擠進薄餅店。

「哎！天呀！」老闆無奈地拍一下額頭，便跑向後舖，他邊跑邊喊：「小甸奴媽咪，快去找小甸奴，帶他躲進地牢去。快！快！快！」

看着老闆的慌亂樣子，我詫異地南茜問：「大鼻子布朗是什麼人？」

「他是爸爸的金牌殺手，神出鬼沒，力大無窮，手段狠辣，殺人不見血。在 Nuveo Laredo，若小孩子不聽話，父母只消說『大鼻子布朗來啦』，小孩子就怕得不敢再哭一聲。」

「嘩！如此厲害的角色，我倒想會一會他。」

「你可要小心哩。我見過布朗跟人打架，他能單手將一個比你高、比你重的大胖子摔倒。」

「胖子笨手笨腳，豈可跟我相提並論？」我輕鬆地原地踏跳幾下。

此時，一個頭戴闊邊墨西哥帽的小孩由後鋪跑出來，他的帽子大得誇張，完全覆蓋着他的臉。

我俯身道：「小朋友，你一定是小甸奴了，你爸媽已跑進地牢……」

南茜驚叫：「小心……」

詎料，那小孩驀地腰一彎、頭一垂，便一頭朝我的小腹撞來，動作有點像施丹在德國的世界盃總決賽用頭撞倒馬達拉斯，我可沒有侮辱人家的媽媽和姐姐啊！為什麼頂撞我？喲！這記「頭槌」很重，直叫我痛入心肺，登時曲膝哈腰。那小孩不僅撞我，更騰出雙手揪住我的褲帶和衣領，一下子把我提起，扔出店外的馬路中央。

這時候，馬路兩旁竟站了二三十個惡形惡相的彪形大漢，每一個都手執武器。他們見我跌得灰頭土臉，都把拇指朝下，噓聲四起。

誰家的野孩子？頭顱生得這麼硬！

我搖搖頭，猛地提一口氣，一個「鯉魚打挺」翻身而起，贏回少許姿勢分數，然後衝返薄餅店，一心要抓住那小孩，打他幾下屁股。

突然之間，銀光撲面，一張銀邊撲克牌從內破空而出。那撲克牌旋轉急速，發出嘶嘶之聲，牌邊看來非常鋒利。我暗吃一驚，倒躍一步，單膝跪下，撲克牌「颼」的在我頭頂飛過。剛避過這張，眼前銀光再閃，瞬間，三張撲克牌又至，我惟有就地滾開。

「卜——」、「卜——」、「卜——」三張撲克牌釘在地板之上。

我剛滾開，耳聽得腦後風響，沒法子，只好繼續向外滾。於是，我又滾回馬路中央。

「哈哈……」馬路兩旁的大漢笑聲更響。

擲撲克牌的人無意殺我，卻有意迫我出醜。我慢慢爬起，拍淨身上的塵土。我不能動氣，我要沉着應戰。

那人摘下闊邊帽，踱出薄餅店。原來他不是小孩，而是一個大鼻子侏儒。他從帽子裏抽出一張撲克牌，拈在指間把玩。

大鼻子侏儒一露面，那些大漢立即高聲歡呼，為他吶喊助威。

南茜也走到店外，關切地對我說：「你沒事吧？對不起，我忘了告訴你，布朗先生是個……個子較小的人。」

「沒關係，小問題，不打緊，死不了。」

大鼻子布朗陰陽怪氣地說：「南美虎千叮萬囑，說你懂中國功夫，很難對付。看來言過其實！」

「我跟南美虎早有協議，你這是什麼意思呀？」我踩住地上一張葵扇8。

大鼻子布朗轉身看一眼南茜，說道：「南美虎的意思是，我若殺死你，救回南茜，你們的協議便可告吹。」

「殺死我？你有本事嗎？」

「這個當然。」大鼻子布朗抬膝旋肩，擲出手中的撲克牌。他打暗器的身法、手法，像極了投擲壘球，跟中國的暗器功夫截然不同。適才，他攻其不備，才能佔上先機，如今我已瞧得一清二楚。區區一張撲克牌，能傷到我嗎？

我看準方位，使出「彈指神通」，用中指「啪」的在牌上彈了一記。撲克牌朝左邊的行人道斜飛而去，先削斷一人口裏叼着的雪茄，再割傷另一人的手腕，那人手中的尖刀隨即跌下，插向身旁同黨的大腿，兩人同時痛得哇哇大叫。

一擊不中，大鼻子布朗狂吼一聲，又旋出兩張撲克牌。

「啪——」、「啪——」我左右中指齊彈，那兩張撲克牌應聲交叉疾飛。

「啊——」、「喲——」撲克牌又割傷兩人的手臂。

大鼻子布朗大怒，一下子抽出「紅心」A、K、Q、J、10，單足立定。

「啊呀！」兩旁大漢無不譁然，爭相走避，惟恐成為下一個受害者。

我乾脆張開雙手，露出胸膛，歡迎他出招。

大鼻子布朗知道我的「彈指神通」厲害，他的撲克牌奈我不得，開始猶疑起來。就在此時，右邊跳出一個擎着 AK-47 突擊步槍的人，他厲聲罵道：「別浪費時間了，一槍解決他吧！子彈一定比撲克牌快。」

「迪亞高，你說什麼？」大鼻子布朗冷冷地問。

迪亞高應道：「我說……我一槍送他歸西……」

大鼻子布朗忽然轉身，向迪亞高擲出手上的撲克牌，像壘球投手對付企圖盜壘的跑壘手。

「呀！」迪亞高身上插着一副「同花順」，慘叫一聲，氣絕身亡。

「第一，阿 Wing 是我的；第二，子彈不一定比撲克牌快；第三，我不容別人挑戰。」大鼻子布朗把闊邊墨西哥帽戴回頭上，「阿 Wing，你和南美虎交易的時間，是明晚十二時正；地點，在你今天跟牛奶蛇見面的舊貨倉。」

「請轉告南美虎，我不會遲到。」

「明天晚上見，我到時候再跟你玩別的撲克遊戲，走着瞧吧。」大鼻子布朗說着，慢慢越過馬路，轉進小街不見了。

「肯定不好玩。」我咕嚕。

其餘的大漢一哄而散，他們來得鬼祟，散得迅速，當中四人不忘把屍體抬走。未幾，兩旁的店舖陸續開門營業，路人漸多，街上恢復熱鬧。除了地上的一灘鮮血，幾分鐘前的惡鬥並無遺下半點痕迹。我環顧一周，從路人、店主的臉上，不難看出此地居民對街頭械鬥、黑幫廝殺都習以為常。人們把惡行壞事視作平常，這種麻木，才是人生的黑暗，既可悲又可怕。

唉，這個罪惡之城！

「阿 Wing，我們走吧。」南茜輕拍我的背，我依舊默然不動。

路人一一跨過地上那灘血，偶爾有人不慎踩上去，便伸腳將鞋底往沙地上擦擦，再繼續前行，人命在這城不值一文。

衣着性感、濃妝艷抹的妓女陸續出現，開始她們的「街頭活動」——不住向路過的單身男人擠眉弄眼。賊頭賊腦的流氓、扒手，各據街角巷口，四下打量路人，尋找目標，選對了便跟在後面伺機下手。十來個貌似「道友」的男女，在「騎樓」底下高談闊論，大概剛「上足電」。當中兩人拿着拐杖，小腿以下裹着骯髒的繃帶，散出陣陣腐臭，一看便知道是長期注射毒品針的後遺症，血管壞死，他們離切除小腿的日子不遠了。另有一個女的，懷裏抱着瘦弱的嬰兒，這個嬰兒的將來，恐怕會步橫巷那羣閒蕩無事的街童後塵。

南茜柔聲問：「你怎麼啦？」

「你聽過所多瑪、蛾摩拉嗎？」我想起上月主日學課的《聖經・創世記》。

「什麼？」

「上帝對亞伯拉罕說，所多瑪和蛾摩拉的人罪大惡極，祂要施行懲罰。亞伯拉罕向上帝求情，為了城內的義人，請祂網開一面。」

「哦！我記得。我讀小學時，曾聽老師說過這故事。亞伯拉罕跟上帝議價，由五十個義人，減至四十，再減至三十、二十，最後是十。如果城裏有十個義人，上帝便答允不剿滅兩城。」

「然而兩座大城罪惡滿盈，只有羅得一個義人。上帝最終以天火焚城。」我歎道。

「你是基督徒？」

「還不算。」

「故事裏的上帝可真殘忍，好好的兩座城，一把火燒掉。」

「我曾聽姐姐說，上帝絕不容忍罪惡，祂必會懲罰行惡的人。祂把滅城的想法告訴亞伯拉罕，是出於對義人的眷顧，並讓人從中得到警惕，好好教導子孫遵行真道。」

「這是個哄小孩子的古老宗教故事罷了，怎能當真？」南茜一臉天真爛漫，「你想借故事諷刺 Nuveo Laredo 嗎？我們一直平安無事啊！這證明我們不算罪大惡極，或者我們擁有十個義人，又或者根本沒有上帝。」

「你……」我頓時氣結。

南茜生於 Nuveo Laredo，長於黑幫家庭，耳濡目染的盡是不法之事，目睹盜匪滿街、人慾橫流而無動於衷，實不足以為怪。

我輕歎一聲，道：「走吧。我先送你到山齊士家，然後再去辦點事。」

「不。我要跟着你。」

「我們男人談話，你不方便跟着我……」因為我要去找昆奴警長，南茜不便在場。

我為什麼找昆奴？

FBI 原先的計劃十分簡單。當明晚毒販等候我時，FBI 將根據我的情報，出動隱形戰機飛臨會面地點上空，發射一枚空對地導彈，乾手淨腳，一了百了。

這種下三濫的暗殺行動，治標不治本，我不以為然。就以美國特種部隊炸斃蓋達的札卡維為例，小布殊沾沾自喜地宣布有關消息後不久，札卡維的繼承者旋即繼位，蓋達在伊拉克的恐怖襲擊，沒因札卡維被殺而收斂。因此治本之法，不是暗殺，而是活捉，從而套取情報以瓦解整個犯罪組織。何況，今次的目標不止一個南美虎，還有另一個自投羅網的牛奶蛇，一箭雙鵰，更應一併活捉。

我不是 FBI 的部屬，不照他們的計劃行事，他們拿我沒辦法。

在 Nuveo Laredo 孤軍作戰，單憑一己之力，不可能逮捕這麼多人，我欲找援手，惟一的選擇只有漢斯推薦的昆奴警長。

「阿 Wing……」南茜緊張地搖我的手臂，「別站着發獃，快逃。」

「嗄？好端端的，逃什麼？那個大鼻子侏儒又來生事？」

「不是布朗，是昆奴警長哩！」

昆奴警長，哈，來得正好，我可以省點腳力。

Ⅳ 夜探毒寨

友好被擄，正邪共治一爐，搗破毒巢穴！

1

昆奴是個典型的「老差骨」，體形短小精悍，雙目炯炯有神，在滿佈皺紋的臉上長了兩撇灰白的八字鬍子。他這副外貌，跟他腕上錶面刮花的灰色電子跳字潛水錶，同是一副飽經風霜的模樣，相映成趣。

我待要開腔道明是 FBI 漢斯的拍夥時，忽見跟在昆奴身後的兩名警員之一，正是那個戴着勞力士金錶的警察，只得硬生生把要說的話吞回肚子裏。

昆奴雙手叉腰，問道：「你究竟是什麼人？」

「我是阿 Wing。」

「我當然知道你是阿 Wing。你是美國的越押通緝犯，偷渡潛入墨西哥，一天之內跟 Los Zetas 和 MS-13 兩大黑幫首領會面，之後脅持南茜，與大鼻子布朗在街上打架，可不尋常哩！阿 Wing，你來 Nuveo Laredo，到底所為何事？」

我瞧瞧南茜，再瞧瞧那個手戴勞力士、臉色陰晴難辨的警察，心裏有數，便搖頭晃腦地說：「我本是一個尋常百姓，無端捲入毒品交易，走投無路，迫不得已在兩大黑幫的夾縫中尋點好處，作為補償。」

「你分明在玩火。」昆奴拉長臉孔，歎道：「我只怕你玩火不成，引火自焚……」

「有心了。你不打算拘捕我？」

「免了。倘若兩大黑幫劫獄搶人，我們小小的一間警察局怎能擋得住？在 Nuveo Laredo 只需講勢力，沒有公義，也沒有王法。」

南茜勾住我的手臂，天真地說：「他既然不拘捕你。我們走吧。」

「且慢。」昆奴叫住我們，「我想送你一個消息。」

「請說。」

「山齊士在二十分鐘前被牛奶蛇的手下擄走。聽說牛奶蛇希望在他身上打聽一些關於你的事。」

「他是無辜的！我認識他不足二十四小時。我的事，他一無所知。」我大為氣憤。

「正因如此，我才把消息告知你。」

「我可在什麼地方找回山齊士？」

昆奴攤開兩手，聳聳肩頭說：「我不知道，但……」他低頭瞄瞄陽光下閃閃發亮的勞力士，漫不經意地說：「阿比可能知道。」

「警長，我……」手戴勞力士的警員阿比聞言，惶恐起來。

「唔，我們到那邊看看可有人受傷。阿比，這個中國人形迹可疑，你帶他上警車仔細盤問吧。」昆奴不再看阿比一眼，轉身踱向下一條街。另一名警員隨後。

我搭着阿比的肩頭，說道：「中國人在六十年代流行一句話，『坦白從寬，抗拒從嚴』。我若接受盤問，會表現得很合作，知無不言，言無不盡。因為，我害怕酷刑。」

「我……」

南茜奇怪地問：「咦，警察先生，你為什麼冒冷汗？」

我代阿比回答：「天氣炎熱嘛。」

「咦，你為什麼流眼淚？」

「他聽見我跟警方衷誠合作，感激流涕。」

「咦，你為什麼雙腳發抖？」

「一定是中暑了，我們扶他上警車歇一會吧。」

回頭，昆奴站在街角的「騎樓」底下，一臉嚴肅地看着我們。本來在那個位置的妓女、扒手、賊匪和吸毒者已經四散。

墨西哥的警察常遭人詬病為貪污、無能，社會形象不高，有些鄉鎮居民甚至自行組織「義務警察」。普通警察走在街上仿如病貓，鼠輩不驚，路人鄙視。昆奴則明顯不同，雖是初次見面，若在 Nuveo Laredo 尋找義人，我第一個會找昆奴；可惜，在這個烏煙瘴氣的地方，他只是極少數，孤掌難鳴啊！

不過，如今情況開始改變。因為我來了！

2

黃昏像一首詩。

一首寫在昏黃色的舊信箋上的詩。

一首謝傲霜寫的詩：

影子由東走到西，

每走一步，

放棄了片片白，

背負了默默的黑。

在入夜之前

它知道要找的必須找到。

我背着夕陽，施展從日本山中老人學來的「障眼術」（詳情請看《鴉殺》），躍過一間又一間的屋頂。這時候的陽光耀眼，甚少人直視西沉的紅日，即使有，又湊巧地看見我，那人只會看成一抹影子晃過。他大多會低頭揉揉眼睛再看一次，確定沒影子了，便安心地拍拍胸口，慶幸自己沒患上「飛蚊症」。

幾次起落之後，我跳進一幢三層高的房子的天台，躲在一列盆栽植物和矮牆之間，濕漉漉的背項貼着陽光烘暖了的牆壁，一面慢慢調整呼吸，一面撥開跟前的植物掃視四周環境。咦，這些植物原來是大麻。在天台種植大麻，這家人真猖獗。

為免節外生枝，影響任務，別的特工大都不會冒險營救山齊士。我也曾考慮這一點，但山齊士終究幫過我，做人得講道義，他因我被擄，我應該救他脫險。

隔鄰房子的天台上，站着兩個負責把風的漢子，他們叼着香煙，慵懶地監視着樓下的單程路。他們怎會認定入侵者是從街上來？難道不可以從天而降或飛簷走壁的嗎？這兩個把風的真不夠專業！

樓下傳來此起彼落的小販叫賣聲。這段單程路可真熱鬧！

根據阿比的口供，在那兩個把風的腳下，正是MS-13 在 Nuevo Laredo 最大的毒品分銷中心，同時也是山齊士被囚的地方。

我要在入夜之前找到他，救出他。

此時，對面二樓傳來一陣男女的浪笑聲，其中一個把風的朝樓下大吹口哨。我一時好奇，蹬直腳尖引頸往下看，只見二樓的陽台上，一個沒穿上衣的男人正和一個身穿背心短褲的女人互相拉扯着。兩人似有醉意，男人擁着女人的腰肢往屋裏拖，女人則抓着陽台的欄杆不放手。

那把風的吹完口哨，高聲笑問：「喂！還沒議好價錢麼？」

「用點力嘛！看你有氣無力的，還未吃飽大麻嗎？要不要我來請客？」另一個把風的從褲袋裏掏出一小包東西，作勢拋過去。

好機會，趁那兩個把風的戲謔對面的男女，我立刻閃出天台中央，助跑兩步半，縱身一躍，打個抱膝前空翻，撲過分隔兩個天台的矮牆，着地後順勢向前一滾，滾至那兩個把風的腳邊。待他們察覺腳下有異，低頭看時，我的「掃蹚腿」早已踢出，左腳「老樹盤根」，右腳「毒蛇出洞」，先把他們掃跌，再補上一招「蝶影雙雙」，一人拍他們的太陽穴一掌，把兩人一併擊昏。

我接着矮身走到天台門邊，窺視樓下的狀況。樓下的人甚為忙碌，看來無人注意天台發生事故。

對面二樓的男人已把女人拖到屋內，關上陽台門。他們的鬧劇落幕，相反，我的好戲快要上映。

「咘——咘——」汽車在街上響號。

來了？

街上人聲嘈雜，忽地起了一陣騷動。

真的來了——南茜按我們的部署，正駕着阿比的警車駛進單程路。

在 MS-13 這個警察勿近的毒品地盤，突然來了一輛警車，本已極不尋常。更匪夷所思的是，駕車的竟是 Los Zetas 老大的獨生女。相信街上的人，包括 MS-13 黨徒，一時間都摸不着頭腦。

樓下眾人紛紛離開工作崗位，擁到臨街的窗前，或乾脆跑到街上看個究竟。他們一跑開，我便躡手躡腳的走下樓梯，輕輕推開三樓的第一扇房門。唔，這裏是

「包裝部」，檯上放着各種毒品包裝工具，架上堆了大包小包的白色粉末。只是不見山齊士……

我再試第二個房間，這是「會計部」，桌上放滿了鈔票。

山齊士該在第三房間吧。我迅捷地竄到第三扇房門外，往內瞧瞧，山齊士果然被綁在裏面，他還受了傷。他看見我，我即向他打手式，示意要他噤聲。我沒有馬上入內救他，反而轉進「會計部」，捧起十多捆鈔票，匆匆折返天台。

街上的人詫異地圍着南茜的警車交頭接耳、指指點點。南茜全照我的吩咐，鎖上門窗，安坐車內一聲不吭。她愈顯得鎮定，愈是給人一種有恃無恐的感覺，短時間內，MS-13 的人決不敢輕舉妄動。當然，時間一久，當他們發覺附近沒有 Los Zetas 的人，便會動手對付南茜。

我當然不讓他們有時間動手。於是，我先向下面的單程路撒下兩捆鈔票，再準對馬路的外牆，把其餘的鈔票一捆一捆的使勁擲過去。

鈔票打在牆上、百葉窗上，散開，降在街心。

「卡——」有人推開其中一個百葉窗，是剛才那個沒穿上衣的男人，他罵道：「誰敲我的窗……」

街上的人興奮叫喊：「錢呀——」

「錢呀！」沒穿上衣的男人伸手抓住半空中的一張鈔票，吃吃笑道：「哈，天降橫財啊！甜心，快到街上拾錢！」說罷便一溜煙似地跑回屋內。

五秒鐘後，那男人仍是光着身子、赤着腳，一個箭步搶進街上的人堆，加入瘋狂的搶錢行列。他剛彎腰撿拾地上的錢鈔，冷不提防被人從後撞倒，不僅摔了一跤，更讓那張鈔票落入一個胖女人手中。他連忙爬起來，卻已找不着誰撞跌自己，惟有遷怒於胖女人。他衝上前，大力箍住胖女人的脖子，要奪回鈔票，卻遭另一個女人用高跟鞋「啪」的敲破腦袋。

嘩塞！天下大亂了！

對面的行人道上，一個高個子左手揪住一個瘦子的衣襟，再使出一記右直拳，擊倒對方，然後攫走對方手中和袋裏的鈔票。

馬路中央，一個大胖子飛身壓向幾個男女，像個衝力十足的保齡球，把那些男女撞得東倒西歪，騰出一方空地，讓兩個少女撿拾地上的鈔票。

至於 MS-13 的人，他們有些也捲入打架、搶錢的狂潮，有些則把守大本營的門戶，嚴防「暴民」乘亂入內生事。總之，沒有人想起山齊士。

我趁機跑下樓梯，閃進第三個房間內，解開山齊士身上的繩索，攙着他問：「跑得動嗎？」

「還可以……」他雖嘴硬，但腳步虛浮，顯然有心無力。

「來，我扛你。」我不待他回應，已紮牢馬步，抓緊他的腰腿，把他橫托在右肩之上，扶着樓梯把手，提氣跑回天台。

山齊士提醒我：「門口在下面……」

「下面守衛的太多。」我一口氣跑到天台的矮牆旁，道：「或會弄痛你的傷口。你且忍一忍。」

山齊士咬緊牙關道：「不怕！」

我大略審度街上的形勢，便扛着山齊士跳過牆頭，左腳踩住三樓的百葉窗台，左手緊握外牆水管，先穩定身子，再向下降；右腳踢出，點踏二樓伸出行人道的帆布篷，借助帆布的彈力，凌空躍過單程路，朝對面行人道的一支燈柱飛去，位置恰到好處；我伸出左手勾住燈柱，向外一盪，輕輕巧巧地落在南茜的警車附近。

雖說輕巧，着地時震盪難免，山齊士痛苦地哼了幾聲。

我急步奔向警車，驀地，左邊風響，只覺有人撲來，我也不管來者是敵是友、是男是女，總之就是一記「神龍擺尾」，左腳往後一蹬，把對方「龐」的蹬進一間雜貨店內。

「Yeah ！」南茜看見我，立即打開後座車門。

我跑到車前，又推又塞的和山齊士一起擠進車廂。

南茜手舞足蹈的說：「好刺激哩！阿 Wing。」

「快逃，開車。」我大力拍打她的椅背，「快，快，快！」

「知道。」南茜把排檔拉至「倒車」，一面不停響號，一面踏油門。

警車歪歪斜斜的退出單程路，途中撞翻了一個垃圾桶、兩把椅子、一張桌子、一部手推車、一籮筐蕃茄、三隻啤啤熊。

我雙手抓着南茜的椅背，睜大雙眼掃視車窗和擋風玻璃，直至那條街道、那羣為爭錢打架的人離我們愈來越愈遠，才告鬆一口氣。

3

夜色蒼茫。

滴滴溜溜的星光懸滿夜空，仰望像一個個藏起翅膀的「基路伯」躲在雲層背後。「基路伯」作為上帝的使者，用一雙雙帶着批判的眼睛，瞅着雲下的罪惡世界。一俟收到命令，他們便展翅翱翔而下，施行懲罰。

山下烏黑混濁裹着萬家燈火，這些燈火也像眼睛——小偷在黑眼罩後面露出的鬼祟目光。在 Nuevo Laredo 闖了一晝一夜，也許見過太多壞人，我對此地產生了偏見，什麼也看不順眼。

山風呼嗚嗚呼嗚嗚地響個不停，把崖上的灌木吹得啪噠啪噠作響。風雖強，但毫無涼意。離開空調車廂，在崖邊站了一會，我已覺腋下、胸窩和背脊漸漸冒汗，這裏風大，更容易散發汗臭。

縱然有點汗臭，我相信同是「臭男人」的昆奴警長絕不介意。我與昆奴佇足崖邊俯瞰 Nuevo Laredo。或許，當日上帝與亞伯拉罕也站在差不多的角度遙望所多瑪、蛾摩拉。所不同的是，亞伯拉罕全然相信上帝會殲滅那兩座罪惡之城，而昆奴卻對我能瓦解 Nuevo Laredo 的惡勢力大有保留。

昆奴歎道：「你瘋了麼！你的計劃如同自殺，成功的機會微乎其微。」

「何以見得？」

「我在 Nuevo Laredo 當差整整三十年了，什麼事情可以做，什麼事情不可以做，我都一清二楚。每天走在 Nuevo Laredo 的大街小巷，我彷似在踏鋼線，稍稍出差錯，就會落得那個上任不足七小時的警察局長的下場。一位警界前輩教曉我一句安身立命的座右銘：張眼一小一大，捉賊寧小莫大，凡事適可而止。」

「昆奴警長，我並非質疑你的經驗和判斷，但若要徹底改變現狀，我們便需多走幾步、加大力度。問題是，你想不想懲治南美虎和牛奶蛇？你敢不敢冒險？」

「多幹幾年，我便退休了。」昆奴撫弄着灰白色的八字鬍子，深深吸一口氣，道：「我一直知道自己在幹什麼，也清楚身邊發生什麼事。毒販不時託人送來令人怦然心動的鈔票，我卻分毫不取，這不表示我不愛金錢，也不表示我廉潔。我不要毒販的錢，是因為不想迷失。在 Nuevo Laredo，實在太多人迷失了。

「南美虎為自己披上一襲羅賓漢的外衣，他總在兒童節到醫院、孤兒院派禮物；在聖誕節到貧民窟派鈔票。他最擅長收買人心，經常斥資修橋築路，興建公園、球場……擁戴他的人倒也不少。唉！就連受賄的警察，收取了南美虎的黑錢，也沒有絲毫貪污的罪咎。」昆奴頓了一頓，仰首觀天，「大家都迷失了。遺憾的是，鮮有人細想一層，南美虎的財富從何而來？孤兒院的小孩為何無父無母？醫院裏斷手斷腳的病人為何殘廢？Nuevo Laredo 的經濟、民生為何一蹶不振？這些全是毒品的禍害！」

我抓緊他的話，答道：「正因如此。我們應當合力，藉此機會，給毒販致命一擊。」

「就憑你、我、山齊士？」昆奴回望身後的泥路。停在路旁的車上，南茜正為山齊士包裹傷口，昆奴接着說：「阿 Wing，你的計劃需要一大支警隊配合。可惜，我們的警隊跟黑幫的關係千絲萬縷；而那些沒有收黑錢的也不敢惹事……沒一個中用的警察。」

「嗄？」我張大嘴巴。

昆奴一臉無奈：「人少力弱，勝算渺茫。」

噩耗彷如晴天霹靂，但我不能流露一絲膽怯、畏縮。我一拍胸膛，裝出一派豪情蓋天，凜然道：「不止我們仨，我們還有一股浩然正氣。正所謂，天地有正氣，雜然賦流形。下則為河嶽，上則為日星。於人曰浩然，沛乎塞蒼冥。皇路當清夷，含和吐明庭。時窮節乃見，一一垂丹青……」

「什麼天？什麼地？你到底說什麼？」昆奴一頭霧水。

「文天祥的〈正氣歌〉道理很深奧，一時三刻很難說得明白。總之，天助自助者，天在看，人在幹。請你相信我，這場公義之戰，我們必是勝利的一方。我們的後台很勁哩！」

昆奴半信半疑的瞥了我一眼，喃喃道：「我反正快退休了。與其庸碌一生，倒不如豁出去，跟你瘋癲一場，做件轟轟烈烈的大事。」

我拍拍他的肩頭，鼓勵他：「好！」

「我去跟山齊士商量一下。他無辜被牛奶蛇打了一頓，我看着他長大，以他的性格，定想報仇。」

「別讓南茜聽見。」

「當然。」昆奴沉吟一會，道：「南茜的本性不壞。罪不及妻兒，我們要對付的是南美虎……」

「我完全同意。明天我們對付南美虎，南茜不便在場，你可否找個安全地方暫時安置她？待此事一了，可行的話，我向 FBI 爭取給她一個新身分，安排她和法蘭西斯到美國重過新生。」

「安全地方，沒問題。」

「還有一件事……」

「什麼？」

「她不喜歡山區。」

「哦。」

昆奴一邊反手搥打腰骨，一邊拖着沉重的腳步，走向泥路。

我俯身折下一片葉子，輕輕握在掌心，一屁股坐在崖邊，雙足凌空盪踢晚風。

憮然自問，昆奴的擔憂完全正確，我們成功的機會不大。只怪我當初估計錯誤，以為偌大的一間警察局，總有好幾十人可用，誰料給昆奴一語道破，那些警察若非貪污受賄，就是苟且偷安、明哲保身，沒有一人可靠。要是 Los Zetas 與 MS-13 兩大黑幫聯合起來，無論人力和火力都遠勝我們，我們根本無力一拚。我所謂的正氣、公義，說還可以，臨陣實戰，全派不上用場。

我開始後悔了，倒不如退一步、簡單一點，到時召一架美國戰機來射枚飛彈，把南美虎和牛奶蛇一干人等轟掉吧……

我曲起右腳，收在左腿下，壓着。我張開手掌，用指頭撥弄掌上的葉子。人要有信念，對的就得堅持。我毅然打消戰機的念頭。

不過，要一把年紀的昆奴和新傷未愈的山齊士跟我一起拚命，實在說不過去。然而，倘若沒他們相助，我的計策連最起碼的實行機會也沒有。沒法子，既走到這一步已不可能退縮了，不入虎穴，焉得虎子？無需承擔風險的優差，永遠不會落到我頭上。

天在看，人在幹。我深信，若我們所幹的合乎公義，天必庇佑。

弱勢、無助、凶險難料，我不禁閉上眼睛，合上雙手，在心裏默念：「上帝啊，求你親自保守。你縱然不保守我，也要看顧昆奴和山齊士。阿們。」

以我多年的主日學經驗，姐夫和姐姐又一再強調，誠心向神祈求，可能會有出人意外的平安。

風呼嗚嗚呼嗚嗚地吹。

我徐徐張開眼睛，再張開手掌，手腕向上微微一抖，葉子打轉彈起。甫離掌心，葉子即被山風捲去，望山腳燈火闌珊之處飄下，剎那間，卻又隱沒於山影重重的黑暗中……

V 貨櫃幻境

生死決戰，身邊有沒有正義之士？

老警長不惜豁出去……

1

大清早，昆奴警長安排了車子接走南茜。

我一向不習慣說再見，也不懂跟南茜說些什麼婆婆媽媽的話，遂盤膝坐在屋頂，目送他們離去，順便確定無人跟蹤他們。南茜登車前仍不住左顧右盼，不知是否找我。她最終沒向上看，只失望地坐進車廂。

南茜欠缺的是適當的教育，以及正常的倫理是非觀念，但願 FBI 日後會有妥善安排。畢竟我今天晚上會一手送南美虎入獄，要是南茜知道實情，定會惱我恨我。可我不是一個面面俱圓的人，沒本事兩全其美。在她的生命裏，我只是一個過客；同樣，在我的工作裏，Nuevo Laredo 只是其中一份薄薄的卷宗。

人生路，何漫漫，時間會沖淡一切，惱恨和歉疚在二三十年後會平淡如水。別怪我無情，特工應該無情，我該學習特工的無情。

送走南茜後的半小時，我步進杳無人煙的長途客車邊境轉車站，找到第五十八號儲物櫃。我一指震毀門鎖，弄開櫃子。儲物櫃裏有一個帆布袋，打開看看，法蘭西斯所說的可卡因全數藏在袋中。我把帆布袋擱在行李車上，推着走到公眾電話間，致電給牛奶蛇。牛奶蛇把電話轉接到留言信箱，大概他還未起牀，我便留言通知他今晚交易的時間和地點，並提醒他多帶現金。

之後，我往昆奴家中找山齊士。山齊士剛睡醒，他梳洗過後向我要錢，說為今晚的行動預備用具。反正不是我的錢，我便慷牛奶蛇之慨，把剩下的最後一捆鈔票交給山齊士。

山齊士取錢後急忙跑了。疑人不用，用人不疑。我沒問他要往哪裏、買什麼東西。

我替他關上大門，把那袋可卡因拖進書房，扔在一旁。然後，我用昆奴的電腦發電郵給漢斯隊長，說明我的新計劃，詢問他晚上能否派一支空降部隊來 Nuevo Laredo，協助我逮捕牛奶蛇和南美虎。

發過電郵，我登出網頁，伸直雙手，挺起胸腔，盡情地打個大大的呵欠，才到廚房拉開雪櫃，取出一盒紙包奶，邊喝邊走回客廳，打算聽聽音樂。架上的CD，我沒一片懂得，惟有閉眼隨意抽它一片，放進昆奴的「老爺」唱機內，按鍵試聽——

@#＄◎％^～ㄣ&！+-#○ㄞ

嘩！我嚇得趕快關機。

這種曲調和唱腔，介乎「喊驚」和「南無」之間，我實在不懂欣賞。昆奴的音樂品味真特別！

算了，算了，讓耳根清靜一些吧。

聽不成音樂，不如安安靜靜的來個浸浴，我沒洗澡兩三天了。於是，我走到二樓的浴室，脫去衣服，把襯衣和長褲掛在衣架上，扭開水龍頭，注滿一缸暖水，躺進去閉目養神。

哈，牛奶蛇和南美虎做夢也沒料到，我這個從美國來的通緝犯，如今竟在昆奴警長家中舒舒服服地享受浸浴。他們兩幫上下，一定為失去我的蹤影而大感奇怪。

我懶洋洋地躺在水裏想這想那，一躺就大半句鐘，直至皮膚起皺並且有點發癢，才不情願地爬出浴缸。

我抹乾身子，勉強穿上昆奴的晨褸，在鏡架後找到一盒新的剃鬚刀、一盒新的牙刷。我拆開包裝盒，取了剃鬚刀和牙刷，刷牙漱口，刮淨鬍子。接着，我走回書房，登入網頁，看看漢斯可有回音，果然有一封，是他從 FBI 的主電腦寄來的。

漢斯的措詞極其婉轉，他解釋勞師動眾的派遣空降部隊到墨西哥，事前須向上級申請、審批，又要跟墨西哥外交部、軍方商討，現在只剩下一天時間，他無能為力；另外，即使各方都同意這個軍事行動，派多少兵力、如何避免死傷，又是另外的難題。說到底，他還是希望我按照原先的計劃，安排隱形戰機進行祕密暗殺。

我讀了他的電郵兩遍，確定沒誤解他的意思，也用委婉的措詞告訴他，我評估過形勢，認為有機會活捉牛奶蛇和南美虎，故此我傾向放棄原先的計劃，希望他能配合我的行動。

發了第二封電郵後，我乾脆關機，不再等待漢斯的回覆，既然主意已決，無謂聽他囉嗦。

肚子咕嚕咕嚕的響了一陣，瞧瞧掛鐘，差不多十二時，午餐時間到了。我用指頭「嗒」的彈一下滑鼠，離開電腦，一逕走進廚房。我再打開冰箱，拿出惟一的盒裝食物，一份尚差兩天才過期的墨西哥燒牛肉。這盒燒牛肉的材料除牛肉片外，還有辣椒、咖喱粉、丁香粉、蒜頭、迷迭香、檸檬、胡椒粉、橄欖油，在沒選擇下，這算是不錯的食物了。

我撕開封口，按盒上指示，把錫紙包裹着的牛肉放進烤爐，再把溫度調校為 200℃，時間則為十分鐘。在這十分鐘內，我還烘了兩片厚吐司，煮了一大壺黑咖啡。

我煮這麼多咖啡，是預計昆奴和山齊士回來時有咖啡提神。誰知，山齊士一直沒回來，昆奴至天黑才回來，他一返家就匆匆跑下地牢，扛了一支 M16 衝鋒槍和一箱子彈到客廳，請我在槍管上抹點潤滑油，並給所有子彈匣上彈，他再到車房收拾工具搬上警車，沒閒暇坐下喝咖啡。由於昆奴表現頗為緊張，使我也有點緊張，忘記了請他喝咖啡。

我們各自忙了一陣子，他從車房裏高聲喚我出發。

我應了一聲，便捧起子彈匣，把 M16 掛在肩上，動身跑往車房。

決戰，就在今夕。

2

晚上十一時三十五分。

我和昆奴悄悄抵達那舊貨倉附近的一塊荒涼高地，躲在樹叢和岩石後面。我們約了山齊士在此會合，但他仍未露面。

昆奴用夜視望遠鏡觀察舊貨倉的狀況，好一會後，才把望遠鏡遞給我。昆奴說：「他們人多勢眾，火力充足。牛奶蛇的人居左，南美虎的人居右，壁壘分明。我當了半輩子警察，還是頭一遭遇上這種大場面。」

我提起望遠鏡也看了一會，只見舊貨倉裏燈火通明，人影晃晃，不知有多少人在內。貨倉外面的空地上，泊滿了大小車輛，四周繞着盡是持槍大漢。此情此景，我暗暗認同漢斯隊長的想法，要對付他們，最有效的戰術莫過於出動戰機。若改派空降部隊，多少人才夠？再者，雙方正面交鋒，死傷勢所難免，事情更易鬧大。

「要避過大漢的耳目，接近貨倉，難！難！難！」昆奴拍拍腳邊的 M16，「若被他們發覺我單槍匹馬，後果真不堪設想哩！」

「倘若情勢不利，你不必勉強，我在貨倉裏脫身不難，而且，山齊士自言他有辦法……」我禁不住看看腕錶，「咦，山齊士呢？時間差不多了，他還未到達，莫非他……」我腦海中閃過一個念頭，山齊士取錢後會不會遠走高飛？

昆奴似乎看透我的疑慮：「不會的。山齊士雖出身市井，但為人最講義氣，從不出賣朋友。我了解他。我們耐心多等一會吧。」

「但願如你所言。總之，我們相機行事，今晚捉不到牛奶蛇和南美虎，就算他們走運。來日方長，我們有的是機會。」

「今晚之後，無論成敗，唉！該是時候讓我計劃一下退休了。」

「你不算太老。」我道。

「就是要選不太老時退休，年紀大，跑不動，如何享受人生？」

「你想過怎樣的退休生活？」

「我的要求很普通，在海邊買所房子，每天上午出海釣魚，下午和朋友喝杯啤酒、聊聊天。」

「唏，我想起一個退休銀行家的笑話。」

昆奴倒有興致：「說來聽聽。」

「一個退休銀行家在海邊看見一個漁夫捕魚，漁夫捕得足夠當日食用的漁獲便收網回家。銀行家覺得時間尚早，漁夫應該繼續工作，便勸勉對方說：年輕人，你要努力工作，掙錢買一艘更大的漁船，捕更多的魚，並建立船隊，把漁獲賣給加工商，或者自己做批發，然後成立上市公司，出售股份，這樣便可成為富翁。」

昆奴追問結局：「漁夫有沒有聽從銀行家的勸告？」

「漁夫反問銀行家，那麼我成為富翁以後，可以做些什麼呢？銀行家回答，到時你可以像我一樣退休，享受人生，搬到海邊生活，上午釣釣魚，下午小睡一句鐘，再陪伴妻兒耍樂，晚上找朋友喝杯啤酒、聊聊天、彈彈結他。誰知，銀行家還未說完，便給漁夫打斷了話。」

「漁夫說了什麼？」

「他說，我現在已過着這樣的生活了！」

「呵呵，我原來具有銀行家的志向。」昆奴滿足地笑着說：「阿 Wing，認識你是我的榮幸，能與你一起幹今晚這件大事，我此生無憾。」

說說笑話的確有助舒緩壓力，我道：「你言重了。待會兒萬事小心。」

「時間到了，你先行一步，我留下等候山齊士回來。」

「我們遲些一起喝啤酒、聊天。保重！」我跟昆奴握過手，跨上他為我預備的電單車，鬆開手把，順着斜坡慢慢滑向大路，才「隆」的按掣點火，再加大油門，望舊貨倉駛去。

一支支強力電筒在前後左右搖搖晃晃，我沒戴頭盔，把風的人認得我，便沒有加以攔阻。昆奴的擔憂並非無的放矢，黑幫防守嚴密，他和山齊士如何接近舊貨倉？山齊士老說他有辦法，卻沒說得仔細，唉！實在太多不穩定的變數，我是否走錯了這一步？可是，現在已不能回頭了。

「阿 Wing，你要有信心，你一定成功。」我在心裏為自己打氣。

3

我的電單車駛至貨倉門外煞停，有人拿着金屬探測器和反追蹤儀趨近。我跳下車，立正讓他們檢查。

證實我身上沒武器、沒追蹤器、沒竊聽器後，有人拉開貨倉門。我信步入內，貨倉正中置了一張大圓桌，南美虎支着下巴坐在左方，牛奶蛇盤着胳膊坐在右方，兩人不發一言。兩人面前各斟了半杯龍舌蘭酒。

我走到桌前，站定，把手放進衣袋裏。

「卡……」同一時間，至少十根手槍對準我的頭顱、心窩。

「大家別緊張，小心走火。我不是取武器哩！」我帶着微笑，把手從口袋裏慢慢抽出，讓眾人清楚看見我拿的只是兩包可卡因。

我把可卡因拋到南美虎和牛奶蛇跟前，一人一包，說道：「貨真價實，請你們檢驗。」

南美虎瞅一眼桌上的可卡因，傲慢地說：「不用驗了。包上印有我南美虎獨有的虎頭鐳射標籤，只此一家，保證正貨。」

牛奶蛇搶白：「正因是你的貨，我才要認真檢驗。」

南美虎雙目冒火：「你……」

我問牛奶蛇：「若驗出是假貨、次貨，你會否退出不買？」

「若真是假貨、次貨，我更加要買，買來大事宣揚，證明南美虎專賣假貨、次貨。」

南美虎拍檯怒罵：「可惡！你才賣假貨、次貨！」

Los Zetas 的人見首領動手，統統第一時間拔槍；MS-13 的人在對頭前面也不示弱，同樣舉槍相向。一時劍拔弩張，槍戰一觸即發。

妙啊！兩幫人的敵意愈濃，便愈有利於我。他們最好即場大打出手，讓我坐收漁人之利，嘻嘻……

咦，奇怪，這麼靜，還沒人開槍，難道打不成？

「咯咯——」有人敲打桌面。

南美虎嚷道：「臭小子，你躲在桌底幹嗎？真膿包！」

牛奶蛇也加入挖苦：「你昨天不是很神勇的嗎？怎麼現在變得膽小如鼠？沒見過這麼多手槍嗎？」

「哈哈……」貨倉內響起一陣笑聲。

我在眾人的嘲笑聲中爬出桌底，拍拍褲管上的塵埃，故作若無其事地說：「你們不打架了嗎？不打架便開始交易吧。」

南美虎和牛奶蛇揮一揮手，眾人紛紛收起槍械。

「交易的方法很簡單……」

南美虎緊張兮兮地問：「且慢。南茜呢？」

「她在一個安全的地方。」我沒有說謊。

牛奶蛇問：「其餘的可卡因呢？」

「它們在另一個安全的地方。」我擺擺手，一口氣地說：「你們儘管放心，南茜和可卡因，我留在身邊都沒用。我不是貪心的人，錢也不會多要，我只要那批可卡因市價的七成。你們兩位都是有錢人，又願意不惜代價競投，要是你十萬、他二十萬的糾纏下去，到天亮也沒結果。所以，我定了一個簡單方法，決定把可卡因賣給誰。」

牛奶蛇不耐煩地問：「你又打什麼鬼主意？」

「你們玩一局撲克牌吧。勝方就是這批可卡因的買家。」我轉身向大鼻子布朗攤手，問：「借你的撲克牌一用。」

牛奶蛇搓着兩手道：「我最擅長各式撲克玩意，戰無不勝。」

南美虎皺着眉頭向布朗點頭，布朗不情不願地摘下闊邊墨西哥帽，從帽中取出撲克牌放在桌上。

阿 Wing，你真是個天才，先取去他一件武器，便是廢他一半武功。我暗暗佩服自己足智多謀。我拾起撲克牌，隨意切幾下撲克牌，便開始分發。

我把撲克牌平均地分作兩份，邊派邊說：「一局定輸贏。贏的，我立即帶他去提貨，一手交錢，一手交貨。」

「賭什麼？二十一點、德國橋牌、『話事啤』、拉斯維加斯接龍，我樣樣皆精。」牛奶蛇急於一顯賭術。

「這些都不是我要賭的。」我把最後一張撲克牌派給南美虎。

南美虎狐疑地瞄着面前這份反轉了的紙牌，再盯着我，問：「你搞什麼把戲啊？別故弄玄虛了，快說。」

「你們玩蓋棉被吧，聽過這玩法沒有？」在場眾大漢一臉困惑，我續道：「玩法講求眼明手快，三歲小孩也懂，很簡單的。你們不能看自己的牌，卻要輪流翻出一張，翻的同時，得依次順序唸出A、二、三、四……諸如此類。如剛唸的數字跟所翻的牌號相同，你們便要比快用手按住那張紙牌，誰按得慢，誰就得接收桌上所有翻開的紙牌。最後誰先把自己的全數罰給對手的，便為之勝方。」

南美虎不屑地說：「幼稚、無聊！」

「你怕輸？」我挑戰他道。

南美虎扯高衣袖，「好！放馬過來！」

我舉起右手，掃一眼左右雙方，正色道：「預備……」

牛奶蛇全神貫注，南美虎虎視眈眈。兩人的右手同時拈着第一張撲克牌，額角滴汗。眾打手不分幫派，不期然靠攏過來，緊張地引頸張望。

我的右手向下一揮，喊道：「開始！」

「A。」牛奶蛇翻出一張紅心3。

「二。」南美虎翻出一張葵扇5。

「三。」（梅花J）

「四。」（紅心A）

「五。」（鑽石7）

「六。」（梅花Q）

「七。」（葵扇7 !!!）

但見牛奶蛇手急眼快，右手像安裝彈簧般，以一個可媲美跑車、飛機、子彈的速度，迅雷不及掩耳的搶先彈出，「卜」的按在那張葵扇7上。他掀動嘴角，開始在喉頭醞釀勝利的笑聲……

MS-13的人待要拍掌歡呼——反觀另一方，反應較牛奶蛇慢一大截的南美虎，卻掄起大如沙鍋的拳頭，高舉過頭，重重的、狠狠的、勁勁的，對準牛奶蛇的右手背，一拳搥下——

「嘩——喲——啊——媽呀！」牛奶蛇發出一陣慘叫聲。

我以往聽過的慘叫聲中，最淒厲的是東莞一個豬場內，一頭被閹的公豬所發出的嚎叫。說真的，牛奶蛇叫得比那頭公豬淒厲十倍，叫人聽了雙手掩耳、毛管悚然、心神恍惚。

面色慘白的牛奶蛇左手捧着紅腫的右掌，如升空火箭般彈離座椅，在貨倉內跳來跳去。有的手下上前攙扶他，有的為他張羅、塗上「喜療妥」藥膏，有的為他敷冰。擾攘了好一會，牛奶蛇才頹唐地回到原位，像經歷了一場大病似的。

南美虎露出一副幸災樂禍的可憎面容，把桌上那七張翻開的撲克牌撥到自己跟前，咬着下唇搖搖頭，強忍不笑道：「牛奶蛇果然精通撲克之道，我真沒用，嘻嘻……老人癡呆，手腳遲鈍，嘻嘻……服輸服輸，嘻嘻……這些紙牌我統統收下了，嘻嘻。」

牛奶蛇噙着一眶淚水，左手指着南美虎破口大罵：「你使詐！你故意搥打我！我用掌心按下，你用拳頭搥下，不公平！你犯規！」

「呵呵，剛才阿 Wing 只說比快按住撲克牌，沒指定用身體哪一部位啊！手掌、拳頭、手肘、腳掌、額頭，膝頭、鼻頭、耳朵……樣樣都可以。對嗎？阿 Wing。」南美虎砌詞狡辯。

牛奶蛇可憐兮兮的轉眼看我，似要向我討公道。我抓抓臉頰，道：「站在技術的層面，南美虎不算犯規，他找到遊戲規則的灰色地帶。牛奶蛇，你節哀順變吧。」

牛奶蛇登時氣得大口大口的深呼吸。

「再來，再來，牛奶蛇，有賭未為輸，哈哈。」南美虎疊齊手上的撲克牌，「你這次可要讓我一讓啊！哈哈……」

牛奶蛇惱然瞅着南美虎，抖擻精神。

我朗聲道：「預備，開始。」

「A。」南美虎恰巧翻出一張鑽石 A！

「噢！」我身後有人低聲驚呼，南美虎和牛奶蛇的手都凝住不動。

南美虎問牛奶蛇：「喂，你還不按下去？」

牛奶蛇反問南美虎：「你又不按？」

南美虎的右手居前，晃了晃後淡然說：「敵不動，我不動。」

「我出手比你快，我讓你先動手也不妨。」牛奶蛇那隻還未消腫的右手也作勢按牌。

兩人同樣把右手擺在胸前，作勢按牌，但誰都沒按。旁觀者心裏都明白，不值得為了區區一張撲克牌捱對方一拳，因此兩人均不敢貿然出手。然而，南美虎和牛奶蛇的左手同樣收在身後，不給對方看見。究竟，他們的左手拿着什麼？

我微微拗腰，瞄瞄左，瞄瞄右。嘩！不得了！原來兩人各在背後手執小刀！不單止搥打對手一記那麼簡單，他們這趟還想插對方一刀。兩人又奸又毒，果然甚具黑幫老大的本色。

南美虎改以商量的口吻對牛奶蛇說：「我們繼續推讓下去，始終不是辦法。這樣吧，我數三聲，大家一起出手，分個高低。」

「也好。」牛奶蛇滿口答允。

「1——2——3！」

兩人不約而同右手虛晃，左手擲刀。

「篤——」

「篤——」

兩柄鋒利的小刀幾乎同時釘在那張鑽石A之上。誰的手掌按在牌上，誰必遭殃。

牛奶蛇指斥南美虎：「你又使詐！」

南美虎狡猾地笑：「彼此彼此啦！」

「你們都違規了，這局作廢。」我拔起兩柄小刀，連刀帶牌一併扔進大鼻子布朗托在胸前的闊邊墨西哥帽內，把他的帽子當作垃圾桶。小刀在帽內除了發出一下「錚」的刀身相撞之聲，我還聽到一下低沉的「鐺」——

帽內原來藏有金屬物，怪不得布朗的頭堅硬如鐵，他的所謂「鐵頭功」露出馬腳了。要是他再用頭撞我，我一定給他教訓。

「兩位，現在少一張鑽石 A。」我取過南美虎和牛奶蛇的撲克牌，「惟一可玩的，我只想到抽烏龜。你們懂得玩麼？」

「怎麼不懂？來，派牌吧，我要他做烏龜。」南美虎催促道。

「你才是烏龜！」

驀地，貨倉外刮起一陣怪風，吹得破窗格格作響，守門的人跌跌撞撞。當我們直愣愣地觀看窗外的情況時，猛烈的閃電劈開夜空，嘶嘶霎霎的繞着貨倉閃動，驚雷緊接着打個霹靂，叫人心膽俱裂，幾個打手舉槍不穩，手槍噹啷落地。

貨倉的電燈全數熄滅。

「Woo……」有人失控驚叫，貨倉內伸手不見五指，眾人因眼睛未能適應漆黑的環境，頓時沉默起來，更不敢亂動。

五秒鐘後，電力恢復正常，電燈漸次發亮。

眾人都舒一口氣，牛奶蛇喃喃道：「沒事了。吹風打雷閃電乃是尋常天文現象，不用緊張。繼續派牌吧。」

我一邊派牌，一邊調侃：「天打雷劈，可不尋常哩！尤其那些常作虧心事的人，小心遭受天譴。」

南美虎應道：「廢話！我們跑江湖的，誰沒幹過虧心事？老子天不怕，地不怕……」

豆大的雨點劈里啪啦的打在貨倉上，一下子竟下起滂沱大雨。雨水穿過破窗飄灑進來，為炎炎夏夜帶來陣陣寒意。

從破窗往外看，雨線如一根根飛箭在外面斜飛猛插。大門那邊，牛奶蛇的手下首先從外面撤回貨倉，人人衣衫濕透，狼狽不堪。

南美虎伺機揶揄牛奶蛇道：「灑幾滴雨水就逃，真沒出息；手下沒出息，首領也不見得有種。」

牛奶蛇尖聲喝問：「什麼有種沒種……」

「啪噠……」大量硬物撞擊貨倉，發生什麼事？

往窗外一看，無數哥爾夫球隨風翻飛。大門那邊，南美虎的人也抱頭逃入貨倉。

有些哥爾夫球從破窗、門口彈進來，再看清楚，它們不是哥爾夫球，而是哥爾夫球般大的冰雹。

今夜天不僅吹怪風、下大雨，還落冰雹哩！

貨倉外圍把風的人全被大雨、冰雹趕跑。昆奴的顧慮一掃而空，真是天助我們。難道上帝這樣回應了我的禱告？

然而，昆奴所處的位置沒有片瓦遮頭，我擔心他可能會遭冰雹打傷。

一人道：「冰雹下得很兇！連車窗也砸破了。」

「非常邪門啊！冰雹只集中落在貨倉周圍，稍遠處一顆也沒有哩！」另一人道。

昆奴無恙，感謝上帝。

「你呀，從前不好好讀書，沒半點天文常識。這叫『局部地區驟雹』！大驚小怪！」南美虎敲了一記手下的腦袋，罵道：「你們全數躲進來，誰在外面把風啊？」

大鼻子布朗說：「老大，就讓他們進來避一避吧。晚上，我們在警局的線眼說，昆奴那老傢伙失蹤了一整天，那無能局長又沒發下特別任務，警察大都躲懶去了。所以，今晚沒警察會來找我們麻煩。」

南美虎道：「既是這樣，阿 Wing，我們繼續吧。」

「唔。」我趕快派牌。

南美虎和牛奶先把手上一對一對的撲克牌抽走，再輪流互相抽取對方的單牌。牛奶蛇轉眼便剩下兩張，南美虎則剩下一張，現在輪到南美虎選抽牛奶蛇的撲克牌。關鍵時刻到了——

大家都看得明白，牛奶蛇手上的兩張牌，其中一張是 A，南美虎只要抽到另一張就可勝出。勝負的機會各半，到底是左邊的，抑或右邊的？南美虎的食指於牛奶蛇手上的兩張牌之間徘徊。

牛奶蛇緊張地捏着兩張撲克牌，守住最後防線，他的手在微微顫抖。最後，南美虎的指頭停在左邊那張後面，他似乎要選左邊的，但他遲疑一會，用食指和拇指拈着右邊那張。

牛奶蛇捏得更牢，兩人的太陽穴青筋暴現。

南美虎使力抽出心目中的撲克牌：「我要這張。」

「我不給。」牛奶蛇拚命捏住不放。

顯然，南美虎選對了，牛奶蛇撒野不放手。

「你不給，我偏要。」南美虎再加一把勁來搶，「此局，我穩操勝券。」

牛奶蛇忽然放棄爭奪，雙手一放，彆氣地道：「拿去吧。」

此時，南美虎正全身向後奪牌，不虞對方毫無先兆地鬆手，驟失重心。大鼻子布朗眼見首領快要摔倒，即奔着碎步鑽出人堆，昂首往上一挺，挺住南美虎的後腰，南美虎才得以站穩腳步。

南美虎也顧不得責罵牛奶蛇，他連忙把自己的牌和搶回的牌一併翻開，仰天歎道：「我贏了！」

只是沒有一個 Los Zetas 的人喝采；MS-13 的人則

哄堂大笑。

南美虎察覺不妥，低頭一看，原來他拿的是葵扇A和梅花8。

牛奶蛇翻開他手上的鑽石8，笑吟吟地說：「我才是贏家。」

「尚未……」南美虎急急反轉他的葵扇A和梅花8，不住疊上疊下，企圖擾亂牛奶蛇的視線，嚷道：「你還要抽取，抽中才算贏。」

牛奶蛇滿有自信地說：「好哇！」

因為兩人剛才爭奪葵扇A時，牛奶蛇不覺在牌上弄了一條又深又長的摺痕，不管南美虎如何疊牌切牌，他要抽走另外那張梅花8，根本毫無難度。

到南美虎發現這個破綻時，一切為時已晚，牛奶蛇的指頭已觸及梅花8了。說時遲，那時快，南美虎搶先一步，抽走那張梅花8，塞進身旁一名手下口中，吩咐道：「吞掉它。」

那人眼也不眨便大口大口地咀嚼起來，但見他的喉骨上下動了兩下，便「咕」的把梅花8吃了。

牛奶蛇氣得渾身抖抖瑟瑟，連舌頭也在發抖，張開嘴巴卻叫不出聲音。南美虎明白，他們已到了拚個你死我活的時候，臉上不期然流露陣陣殺意。

雙方人馬知道首領隨時一聲令下，人人皆屏息以待。貨倉內頓然一片寂靜，暴風雨來臨前夕的寂靜。

我悄悄移前半步，右腳伸進桌底，他們一動手，我就往桌底下鑽。

此時，一道道強光從貨倉外迫射進來。

大家都呆住了。

窗外的警車閃燈不停轉動，強力射燈組成一支支光柱，照得貨倉內外如同白晝。四周都是腳步聲，貨倉明顯地已陷入包圍。

*　　*　　*

「軋……」貨倉門緩緩拉開。

一人站在門邊，他的右肩上扛着一枝 M16，左手拿着俗稱「大聲公」的揚聲器。我瞇起雙眼一看，此人正是昆奴警長。

昆奴提起「大聲公」喝道：「牛奶蛇、阿 Wing，你們進行非法活動，我要拘捕你們！」

我應道：「還有南美虎哩！坐牢怎能少他的份兒。」

昆奴道：「Nuveo Laredo 警方現正對付外來不法分子。不相干的 Nuveo Laredo 市民，請從速離開，別妨礙警察辦案！」

「哈哈，昆奴終於開竅了。」南美虎提高聲線，吩咐手下：「我們都是良好市民，要跟警方合作……」

「啊！什麼本地人、外地人？南美虎分明串通警察陷害我們！」我退到牛奶蛇身旁，跟他站在同一陣線，繼續罵道：「哼！南美虎，你不講江湖道義！」

「豈有此理……」牛奶蛇氣得雙手握拳、咬牙切齒。在我的熱切期盼下，他從牙縫間迸出一個最關鍵的字：「殺！」

我抓緊時間，竄進桌底下。

「砰……」槍聲四起，子彈亂飛。

雙方一駁火，牛奶蛇和南美虎也隨即擠到桌底下，仇人見面，份外眼紅，在狹窄的桌下更容不得敵人。於是，牛奶蛇打了南美虎一拳，空間所限，我避無可避，右臉也捱了南美虎一記，不過，我不忘回敬他的胸口一腳。南美虎往後跌倒，撞斷了一根檯腳，檯面塌下，我及時滾開，牛奶蛇則被沉甸甸的檯面壓個正着，動彈不得。

南美虎捂着胸口，慢慢從地上爬起；我一彈而起，擺正架勢，待要跨步上前，多踢他一記「旋身側踢」，大鼻子布朗卻低着頭從左邊撞來。

來得正好，我不慌不忙，臨陣變招，扭腰退馬，打出一式「力劈華山」，左手掀布朗的帽子，並出右掌朝他的後腦痛擊而下；同時，左手抓着內藏金屬的帽子，順勢一揮，轟的攻中南美虎的下巴。這樣，大鼻子布朗和南美虎便雙雙軟倒我的腳前。

大門邊，昆奴右膝跪地，瞄準貨倉的電燈，一一射破。外面的射燈亦同時熄滅。片刻，貨倉裏變得黑漆漆的，槍聲漸少。

昆奴喚我：「阿 Wing，接住。」

「呼……」一物飛至。

我聞風辨位，接着昆奴擲來之物，原來是個夜視鏡，我便隨即戴上。

黑幫分子互相廝殺了一陣，死傷甚眾，沒躺下的為免成為攻擊目標，都靠到牆邊，不敢稍動。

昆奴喝令：「警察都戴上了夜視鏡，清清楚楚看到你們。你們想活命的話，便立即棄掉武器，趴在地板上，雙手放在頭頂。」

我也喝道：「南美虎和牛奶蛇都被制服了，你們無謂螳臂擋車，速速投降吧。」

南美虎和牛奶蛇都沒吭聲，兩幫人的手下深知大勢已去，遂陸續棄械。昆奴看見場面受到控制，便往後方招手，一輛貨櫃車退到貨倉門外停定。

山齊士從駕駛座跳下，跑到車尾，拉開貨櫃門。

我先把南美虎、牛奶蛇和大鼻子布朗押進貨櫃，再協助昆奴把沒受傷和受了輕傷的黑幫分子趕入貨櫃。

山齊士關上貨櫃門，拍拍雙手，笑道：「大功告成。」

昆奴說：「真捏一把汗哩！幸虧天公造美，下了一場及時雹，趕走那些把風的漢子。不然的話，山齊士的射燈陣、閃燈陣便要佈在較遠之處，一來威嚇力大減，二來容易遭識破。」

「噢，差點忘了付錢。」山齊士回頭喊道：「米斯，過來！」

一名十來歲的少年自草叢裏鑽出來，跑到我們跟前。山齊士給他一疊鈔票，道：「這是你們的工錢，你拿去分給大家吧。」

「是。」米斯接過錢，歡歡喜喜地跑了。

我問山齊士：「他是誰？」

「我的表弟。」

「你找少年人冒險！」我甚為不滿。

「我找的不盡是少年人，米斯的年紀最大，其他都是兒童，最小的只有六歲，負責踏地和搖動長草。」山齊士扮個鬼臉，「別用這樣的眼神看我，我迫於無奈啊！大人不可靠，整天問長問短，容易走漏風聲。」

昆奴補充道：「所以，他事前什麼也不肯對我們說明。」

「當然。要是我早說了，你們一定反對。」山齊士道。

「到他帶那羣貧民窟的小孩到來，我們已無退路可走。」昆奴為山齊士打圓場，「阿 Wing，你說得對。天在看，人在幹，上天保佑大家都平安。來吧，我們趕緊押送南美虎等人過境，免得夜長夢多。至於貨倉的殘局，我已知會警察局長派人前來收拾。」

山齊士怕我囉嗦，快步溜到車頭。

我拿他沒辦法，既然小朋友都沒受傷，就不跟他計較。我隨後走出貨倉，抬頭，天色明淨，好一輪明月。

4

山齊士在一道鐵欄柵前煞停貨櫃車，鐵欄柵後面是一座大鐵橋，過橋後便是美國。

車頭前面不遠處，站着一名全副武裝的墨西哥邊防人員，他用手勢指示山齊士關掉車頭燈、關掉引擎、攪下車窗。

山齊士一一照辦。四周寂靜漆黑，橋下的潺潺河水聲、橋上的燈光，顯得分外響亮和明亮。

那邊防人員以懷疑的眼神上下打量貨櫃車，嘀咕道：「海關晚上關閉，這個時間過境，分明是撞騙的。」他走近駕駛座，看見駕車的是山齊士，才驚愕嚷道：「山齊士，原來是你！半夜三更駕着貨櫃車往美國，偷運人蛇嗎？走這條路線，你未免太明目張膽了！」

山齊士笑道：「你猜對一半，貨櫃裏的全都是人……」

那邊防人員聞言，立即退後一步，手按腰間佩槍，以作戒備。

山齊士續道：「不過，他們不是人蛇，是人渣。」

「人渣？」

「這是他們的名單，請你過目。如有懷疑，我可以打開貨櫃，讓你逐一核對身分。」坐在後座的昆奴靠到窗前，把一張名單遞給那邊防人員。

「啊！昆奴警長，你怎會跟山齊士一起偷運……」那邊防人員愣了一下，接過那張名單一看，臉色大變，顫聲讀出：「南美虎……牛奶蛇……」

山齊士自信地道：「對，正是他們。」

「不用檢查，不用核對。就當我沒有見過你們，你們也沒見過我。」那邊防人員把名單甩回車廂，像要甩掉不慎觸及的蜈蚣、蠍子，然後慌張地跑回崗哨，邊跑邊叫：「阿迪，快開閘。阿迪，快開閘。」

坐在昆奴身旁的我，拍拍山齊士的肩膀，道：「你做個好心人，快些開車吧。我們多留一刻，他們就多一刻恐懼。」

山齊士笑着啟動引擎，驅車駛上鐵橋：「從今以後，我有新方法運送偷渡客過境了。哈哈……」

鐵橋的另一端屬於美國國土的地方，漢斯隊長已率眾等候多時。他們看見貨櫃內的一干人等，都雀躍不已。

漢斯先向我們道謝一番，再指揮聯邦探員將犯人押上囚車，受傷的則送上救護車。安排妥當後，漢斯為我們引見一位 FBI 的女新聞官。

女新聞官說：「稍後，我們會發布有關消息，標題是，美、墨幹警聯同臥底特工、正義市民，合力搗破兩大跨國販毒集團，成功拘捕集團主腦。」

「到時一定很震撼。」我道。

女新聞官笑盈盈地說：「四位都大有功勞。請大家靠近一些，以貨櫃車作背景，讓我拍一張新聞照片。」

「好哇，勞駕。」

「不！我還要退休釣魚。」

「不！我還要在江湖上打滾。」

「不！我還要執行祕密任務。」

「咔嚓——」結果，女新聞官拍下一張非常古怪的照片。

照片中只漢斯一人直視鏡頭，他面露微笑的昂首挺胸，相當上鏡。其餘的都很不濟：昆奴除下警帽，遮住臉孔；山齊士轉身彎腰，讓女新聞官拍攝他的屁股。至於我，在鎂光燈閃亮之前，我早已一飛衝天，看照片的人要極細心觀察，方可在照片上端找到我的一雙鞋尖哩！

Q版特工系列

長期穩佔暢銷書榜 屢入好書行列

書名	獎項
Q版特工 24 幻見	香港教育城 2010「十本好讀」
Q版特工 23 地焰劫	香港教育城 2009「十本好讀」
Q版特工 21 葬祕	香港教育城 2008「十本好讀」
Q版特工 18 不是任務	香港教育城 2007「十本好讀」 第四屆金書獎「最高銷量」(非神學及研經類)
Q版特工 15 M殺令	香港教育城 2006「十本好讀」
Q版特工 14 反恐狙擊 912	香港書展 2006「名家推介」 香港教育城 2006「十本好讀」
Q版特工 13 鴉殺	第四屆全國偵探小説大賽「最佳懸疑獎」 香港教育城 2005「十本好讀」
Q版特工 12 諜變密令	香港教育城 2005「十本好讀」
Q版特工 11 再見真生	香港教育城 2004「十本好讀」 香港教育城 2004 我最喜愛讀物【文學類】
Q版特工 10 奪命潛航	香港教育城 2003「十本好讀」
Q版特工 9 北韓危機	香港教育城 2003「十本好讀」
Q版特工 8 前傳：誤闖間諜網	03-04 中學生好書龍虎榜「十本好書」 香港教育城 2003「十本好讀」
Q版特工 4 複製殺手	03-04 書叢榜「十本好書」
Q版特工 1 極度任務	99-00 中學生好書龍虎榜「十本好書」 香港書展 2001「名家推介」